史铁生

我感到诚实是第一位的,

比如说白天就是白天,

黑夜就是黑夜。

我，或者"我"

史铁生 著

人民文学出版社

图书在版编目(CIP)数据

我,或者"我"/史铁生著.—北京:人民文学出版社,2018(2025.8重印)
ISBN 978-7-02-013606-3

Ⅰ.①我… Ⅱ.①史… Ⅲ.①中国文学—当代文学—作品综合集 Ⅳ.①I217.2

中国版本图书馆 CIP 数据核字(2017)第 314165 号

选题策划	杨　柳
责任编辑	薛子俊
装帧设计	刘　静
责任印制	王重艺

出版发行　人民文学出版社
社　　址　北京市朝内大街 166 号
邮政编码　100705

印　　刷　三河市鑫金马印装有限公司
经　　销　全国新华书店等

字　　数　100 千字
开　　本　850 毫米×1168 毫米　1/32
印　　张　6.375　插页 3
印　　数　41001—44000
版　　次　2018 年 3 月北京第 1 版
印　　次　2025 年 8 月第 9 次印刷

书　　号　978-7-02-013606-3
定　　价　29.00 元

如有印装质量问题,请与本社图书销售中心调换。电话:010-59905336

目 录

随 笔

昼信基督夜信佛 ……………………… 3

回忆与随想:我在史铁生 ……………… 33
1. 论死的不可能性(附一篇) …………… 35
   附:所谓轮回,或永恒复返 ………… 42
2. 生,或永恒的欲望(附一篇) ………… 51
   附:我在哪儿 ……………………… 81
3. 我与史铁生(附一篇) ……………… 86
   附:我,或者"我" ………………… 108
4. 恐惧 ……………………………… 116

小 说

恋人 ……………………………… 135
猴群逸事 ………………………… 139

借你一次午睡 ·················· 141

书　简

给王朔的信 ·················· 147
　一 ······················ 147
　二 ······················ 161
给小水的三封信 ··············· 172
　孤独 ····················· 172
　恐惧 ····················· 178
　最有用的事 ················· 183
给王安忆的信 ················· 186

随 笔

昼信基督夜信佛

大概是我以往文章中流露的混乱，使得常有人问我：你到底是信基督呢，还是信佛法？我说我白天信基督，夜晚信佛法。

这回答的首先一个好处是谁也不得罪。怕得罪人是我的痼疾，另方面，信徒们多也容易被得罪。当着佛门弟子赞美基督，或当着基督徒颂扬佛法，你会在双方脸上看到同样的表情：努力容忍着的不以为然。

这表情应属明显的进步，若在几十年前，信念的不同是要引发武斗与迫害的。但我不免还是小心翼翼，只怕那不以为然终于会积累到不可容忍。

怕得罪人的另一个好处，是有机会兼听博采，算得上是因祸得福。麻烦的是，人们终会看出，你哪方面的立场都不坚定。

可信仰的立场是什么呢？信仰的边界，是国族的不同？是教派的各异？还是全人类共通的理性局限，以及由之而来的终极性迷茫？

人的迷茫，根本在两件事上：一曰生，或生的意义；二曰死，或死的后果。倘其不错，那么依我看，基督教诲的初衷是如何面对生，而佛家智慧的侧重是怎样看待死。

这样说可有什么证据吗？为什么不是相反——佛法更重生前，基督才是寄望于死后？证据是：大凡向生的信念，绝不会告诉你苦难是可以灭尽的。为什么？很简单，现实生活的真面目谁都看得清楚。清楚什么？比如说：乐观若是一种鼓励，困苦必属常态；坚强若是一种赞誉，好运必定稀缺；如果清官总是被表彰呢，则贪腐势力必一向强大。

在我看，基督与佛法的根本不同，集中在一个"苦"字上，即对于苦难所持态度的大相径庭。前者相信苦难是生命的永恒处境,其应对所以是"救世"与"爱愿";后者则千方百计要远离它,故而祈求着"往生"或"脱离六道轮回"。而这恰恰对应了白天与黑夜所向人们要求的不同心情。

外面的世界之可怕,连小孩子都知道。见过早晨幼儿园门前的情景吗?孩子们望园却步,继而大放悲声;父母们则是软硬兼施,在笑容里为之哭泣。聪明些的孩子头天晚上就提前哀求了:妈妈,明天我不去幼儿园!

成年人呢,早晨一睁眼,看着那必将升起的太阳发一会儿愣,而后深明大义:如果必须加入到外面的世界中去,你就得对生命的苦难本质说是。否则呢?否则世上就有了"抑郁症"。

待到夕阳西下,幼儿园门前又是怎样的情景呢?亲人团聚,其乐陶陶,完全是一幅共享天伦的动人图画!及至黑夜降临,孩子在父母含糊其辞的许诺中睡熟;父母们呢,则是在心里一遍遍祈祷,一遍遍驱散着白天的烦恼,但求快快进入梦的黑甜之乡。倘若白天挥之不去,《格尔尼卡》式的怪兽便要来祸害你一夜的和平。

所以，基督信仰更适合于苦难充斥的白天。他从不作无苦无忧的许诺，而是要人们携手抵抗苦难，以建立起爱的天国。

譬如耶稣的上十字架，一种说法是上帝舍了亲子，替人赎罪，从而彰显了他无比的爱愿。但另一种解释更具深意：创世主的意志是谁也更改不了的，便连神子也休想走走他的后门以求取命运的优惠，于是便逼迫着我们去想，生的救路是什么和只能是什么。

爱，必是要及他的，独自不能施行。

白天的事，也都是要及他的，独自不能施行。

而一切及他之事，根本上有两种态度可供选择：爱与恨。

恨，必致人与人的相互疏远，相互隔离，白天的事还是难于施行。

唯有爱是相互的期盼，相互的寻找与沟通，白天的事不仅施行，你还会发现，那才是白天里最值得施行的事。

白天的信仰，意在积极应对这世上的苦难。

佛门弟子必已是忍无可忍了：听你的意思，我们都是消极的喽？

非也，非也！倘其如此，又何必去苦苦修行？

夜晚，是独自理伤的时候，正如歌中所唱："那故乡的风和故乡的云，为我抚平伤痕。我曾经豪情万丈，归来却空空的行囊……"

你曾经到哪儿去了？伤在何处？

我曾赴白天，伤在集市。在那儿，价值埋没于价格，连人也是一样。

所以就，"归来吧！归来哟！别再四处漂泊……"

夜晚是心的故乡，存放着童年的梦。夜晚是人独对苍天的时候：我为什么要来？我能不能不来，以及能不能再来？"死去原知万事空"，莫非人们累死累活就是为了最终的一场空？空为何物？死是怎么回事？死后我们会到哪儿去？"我"是什么？灵魂到底有没有？……黑夜无边无际，处处玄机，要你去听、去想，但没人替你证明。

白天（以及生）充满了及他之事，故而强调爱。黑夜（以及死）则完全属于个人，所以更要强调智慧。白天把万事万物区分得清晰，黑夜却使一颗孤弱的心连接起浩瀚的寂静与神秘，连接起存在的无限与永恒。所谓"得大自在"，总不会是说得一份大号的利己之乐吧？而是说要在一个大于白天、乃无穷大的背景下，来评价自我，于是也便有了一份更为大气的自知与自信。

"自在"一词尤其值得回味。那分明是说：只有你——这趋于无限小的"自"，与那无边无际趋于无限大的"在"，相互面对、相互呼告与询问之时，你才能确切地知道你是谁。而大凡这样的时刻，很少会是在人山人海的白天，更多地发生于只身独处的黑夜。

倘若一叶障目不见泰山，拘泥于这一个趋于无限小的"我"，烦恼就来了。所谓"驱散白天的烦恼"，正是要驱散这种对自我的执着吧。

执着，实在是一种美德，人间的哪一项丰功伟绩不是因为有人执着于斯？唯执迷才是错误。但如何区分

"执着"与"执迷"呢？常言道"但行好事，莫问前程"，"只问耕耘，不问收获"，执于前者即是美德，执于后者便生烦恼。所以，其实，一切"迷执"皆属"我执"！用一位伟大的印第安巫士的话说，就是"我的重要性"——一切"迷执"都是由于把自我看得太过重要。那巫士认为，只因在"我的重要性"上耗费能量太多，以致人类蝇营狗苟、演变成了一种狭隘的动物。所以狭隘，更在于这动物还要以其鼠目寸光之所及，来标定世界的真相。

那巫士最可称道的品质是：他虽具备很多在我们看来是不可思议的神奇功能，但并不以此去沽名钓誉；他虽能够看到我们所看不到的另类存在，但并不以此自封神明，只信那是获取自由的一种方式；他虽批评理性主义的狭隘，却并不否定理性，他认为真正的巫士意在追求完美的行动、追求那无边的寂静中所蕴涵的完美知识，而理性恰也是其中之一。我理解他的意思是：这世界有着无限的可能性，无论局限于哪一种都会损害生命的自由。这样，他就同时回答了生的意义和死的后果：

无论生死，都是一条无始无终地追求完美的路。

是嘛，历史并不随某一肉身之死而结束。但历史的意义又是什么呢？进步、繁荣、公正？那只能是阶段性的安慰，其后，同样的问题并不稍有减轻。只有追求完美，才可能有一条永无止境又永富激情的路。或者说，一条无始无终的路，唯以审美标准来评价，才不至陷于荒诞。

基督信仰的弱项，在于黑夜的匮乏。爱，成功应对了生之苦难。但是死呢？虚无的威胁呢？无论多么成功的生，最终都要撞见死，何以应对呢？莫非人类一切美好情怀、伟大创造、和谐社会以及一切辉煌的文明，都要在死亡面前沦为一场荒诞不成？这是最大的，也是最终的问题。

据说政治哲学是第一哲学，城邦利益是根本利益，而分清敌我又是政治的首要。但令我迷惑的仍然是：如果"死去原知万事空"，凭什么认为"及时行乐"不是最聪明的举措？既是最聪明的举措，难道不应该个个争先？可那样的话，谁还会顾及什么"可持续性发展"？进而，为了"及时行乐"而巧取豪夺他人——乃至他族与他国——之美，岂不也是顺理成章？

"但悲不见九州同"确是一种政治的高尚，但信心分明还是靠着"家祭无忘告乃翁"，就连"王师北定中原日"也难弥补"死去原知万事空"的悲凉与荒诞。所以我还是相信，生的意义和死的后果，才是哲学的根本性关注。

当然，哲学难免要向政治做出妥协。那是因为，次一等的政制也比无政府要好些，但绝不等于说哲学本身也要退让。倘若哲学也要随之退一等，便连城邦的好坏也没了标准，还谈的什么妥协！妥协与同流合污毕竟两码事。

佛法虚无吗？恰恰相反，它把"真"与"有"推向了无始无终。而死，绝不等于消极，而是要根本地看看生命是怎么一回事，全面地看看生前与死后都是怎么一回事，以及换一个白天所不及的角度，看看我们曾经信以为真和误以为假的很多事都是怎么一回事……

故而，佛法跟科学有缘。说信仰不事思辨显然是误解，只能说信仰不同于思辨，不止于思辨。佛门智慧，单凭沉思默想，便猜透了很多物理学几千年后才弄懂的事；比如"唯识"一派，早已道出了"量子"的关键。还有"薛定谔的猫"——那只可怜的猫呵！

便又想到医学。我曾相信中医重实践、轻理论的说法，但那不过是因为中医理论过于艰深，不如西医的解剖学来得具体和简明。中医理论与佛家信念一脉相承，也是连接起天深地远，连接起万事万物，把人——而非仅仅人体——看作自然整体之局部与全息。倒是白天的某些束缚（比如礼仪习俗），使之在人体解剖方面有失仔细。而西医一直都在白天的清晰中，招招落在实处，对于人体的机械属性方面尤其理解得透彻，手段高超。比如器官移植，比如史铁生正在享用着的"血液透析"。

要我说，所谓"中西医结合"，万不可弄成相互的顶替与消耗，而当各司其职，各显其能；正如昼夜交替，阴阳互补，热情与清静的美妙结合。

不过，说老实话，随着科学逐步深入到纳米与基因层面，西医正在弥补起自身的不足，或使中医理念渐渐得其证实也说不定。不过，这一定是福音吗？据说纳米尘埃一旦随风飞扬，还不知人体会演出怎样的"魔术"；而基因改造一经泛滥，人人都是明星，太阳可咋办！中医就不会有类似风险——清心寡欲为医，五谷百草为药，人伦不改，生死随缘，早就符合了"低碳"要求。不过这就好了吗？至少我就担心，设若时至一九九八年春"透析"技术仍未发明，史铁生便只好享年四十七岁了，哪还容得我六十岁上昼信基督夜信佛！

世上的事总就是一利一弊。怕的是抱残守缺。

佛家反对"二元对立"，我以为，反对的是二元的势不两立。二元的势不两立，实际是强烈的一元心态。然而，这世界所以是有而不是无，根本在于二元的对立。所以，佛家实际是在强调二元和谐。一切健康的事物，都是基于二元的和谐，身体、社会、理想、修行……莫不如此。

"万法归一"是说这世界的本源，"三生万物"是指这个现实的世界。二者的位置一旦颠倒，莫说他史铁生了，众生的享年都要回零。

佛法之"空"，料与"空空的行囊"之"空"绝不一致。亚里士多德说，无中生有是绝不可能的。老子却说，有生于无。不过佛家还有一说：万法皆空。空即是有，有即是空，所以我猜佛家必是相信：有生于空。空，并不等于无。根本的二元对立，并非有与无的两极，而是有与空的轮回，或如尼采所说的"永恒复返"。

而"有"，也不见得就是有物质。有什么呢？不知道。物理学说：抽去封闭器皿中的一切物质，里面似乎还是有点儿什么的。有点儿什么呢？还是不知道。那就可以猜想一回了：有的是"空"！万法皆空，而非万法皆无，所以"空"绝非是说一切皆无。空不是无，空只好是有了。那么它又是一种怎样的有呢？空极生有，料必是一种无比强大的势能！即强烈地要创生出无限时空、无限之可能性的趋势。创世的大爆炸，据说就始于一个无限小的奇点，这个"点"可否让我们对那个"空"有所联想？

我,或者"我"

说佛法跟科学有缘,佛门弟子多会引为骄傲。但,若说二者的问题也有同根,未必信众们就都能不嗔不痴。

所谓同根,是说二者的信念有一个相同的前提,即先弄清楚这个世界的究竟,而后,科学的理想叫"人定胜天",佛法的心愿是"人人皆可成佛"。问题是谁都没说,如果世界尚未究竟或终难究竟,人当如何?就算可以究竟,究竟者也总在极少,尚未究竟和终难究竟的大多数又拿什么去作信的根基?我相信佛门确有其非凡的智慧,确有其慧眼独具的奇妙功法,能够知晓甚至看到理性所无从理解的事物。但是第一,这仍是极少数人的所能。第二,再强大的能力也是有限,因为无限意味着永不可及。第三,老调重弹——成佛是一条动态的恒途,绝非一处万事大吉的终点;然而,一个"成"字,一个"究竟",很容易被理解为认知的极点与困苦的穷尽。

所以,一条同根,很可能埋藏了近似的危险:大凡理想或心愿，一旦自负到"人定胜天"，或许诺下一处终极乐园，总是要出事的。科学正在出事，譬如自然生态的破坏。信仰如果出事，料想会是在心态方面。

理想，若总就在理想的位置上起作用，"老夫聊发少年狂"倒也不是什么坏事。然而"言必行，行必果"一向是人间美德（柏拉图认为，政治可以有高贵的谎言，神却不可说谎），那么一旦行之未果——世界依旧神秘，命运依旧乖张，信仰岂不要受连累？

首先质疑它的就是科学。科学以其小有成果而轻蔑信仰，终至促生了现代性迷障。问题是，在实证面前，信仰总显得理亏——"看不见而信"最是容易被忘记。怎么办呢？便把"果"无限地推向来世。这固然也是一种方略，可以换得忍耐与善行，但根基无非是这么一句话：好处终归是少不了你的！可这样的根基难免另有滋生，比如贪心，比如进而的谋略，直至贿赂之风也吹进信仰。君不见庙堂香火之盛，有几个不是在求乞实际的福利！众生等不及"终归"——既可终归，何不眼前？这逻辑本来不错，更与科学的"多快好省"不谋而合！

只是，这夜晚的信仰怎么就变得比白天还白了？

"不不，"于是有佛门高徒说，"这是误解，说明你还不懂佛！"随即举出诸多佛法经章、高僧本事，证明真正的佛说与那庙里的歪风毫不相干。

那，为什么您讲的就是真正的佛说？

那么你认为，我讲的对还是不对？

问题是，大众所信的佛法，未必跟个例高人所理解的一样。不管谁到那烟雾腾腾的庙堂里去看看，都会相信，这世上广泛流行的是另种"佛法"。

如何另种？

求财的，求官的，求不使东窗事发的……许愿的，还愿的，事与愿违而说风凉话的……有病而求健康的，健康而求长寿的，长寿而求福乐的，福乐不足而求点石成金或隔墙取物的……

那就是他们的事了。

怎么就成了他们的事呢？莫非也是佛说？

何为神说，何为人传，基督信仰千百年来都有探讨。哪是佛说,哪是人言呢?佛门也曾有过几次集结,高僧们相约一处,论辩佛法真谛,可惜这一路香火已断多时。失去大师们的不断言说与探讨,习佛已流于照本宣科,徒具其表。失去高僧的指点与引领,人性就像流水,总是要往低处去的。如今是人们由着性儿地说佛与"佛说",人性的贪婪便占上风;众生要"多快好省"地上天堂,庙堂前便"鼓足干劲"地卖起票来。这类"信"徒,最看佛门是一处大大的"后门儿",近乎朝中有人好办事。办什么事呢?办一切利己利身之事。如何能办到呢?耐心听"芸芸众生"们说吧,其津津乐道者,终不免还是指向某些神功奇迹——免灾祛病呀,延年益寿呀,准确或近乎准确地推算前世和预测未来呀……等等这些我都信,只不信这叫信仰。佛家(道家)的某些神奇功法我也见过,甚至亲身体验过,但我仍认为"看不见而信"才是信仰的根本。如果信仰竟在于某些神奇功法,高科技为什么不算?科学所创造的奇迹还少吗?可就算你上天入地、隔墙取物、福如东海、寿比南山,莫非这世上就不会有苦难了?没有了当然好,可那就连信仰也没有了。信仰,恰是人面对无从更改的生命困境而持有的一种不屈不挠、互爱互助的精神！

听说有人坐飞机赶往某地，只为与同仁们聚会一处，青灯古刹、焚香诵经地过一周粗茶淡饭、草履布衣的低碳生活。想来讽刺，那飞机一路的高排放岂是这一周的低消费所能补偿！真是算不过这笔账来？想必是另有期图。

又据说，有位国人对西人道："还是我佛的能耐大。瞧瞧你们那个上帝吧，连自己儿子的死活都管不了！"

先不论基督与佛均乃全人类所共有，岂分国族！却只问这类求佛办事的心态，原因何在？说到基督与佛，何以前者让人想到的多是忏悔，后者却总让人想起许愿？忏悔，是请神来清理我的心灵；许愿，却是要佛来增补我的福利。忏悔之后，是顺理成章地继续检讨自己；许愿之后呢，则要看看佛的态度，满足我愿的我为你再造金身，否则备选的神明还很多。

哈！这不过是你的印象罢了。事实上，此类信徒各门各派里都有。

那么，您是否也有与我相同的印象呢？

印象能说明什么！可有什么"统计学"证据吗？

"现象学"的行吗？现象之下自有其本质在，正如佛说"因果"。

……那么你的"夜晚信佛法"，到底信的什么？

首先我相信佛法是最好的心理疗法。佛看这人间不过是生命恒途中极其短暂的一瞬，就好比大宴上的一碟小菜，大赛前的一次热身，甚或只是大道上的一处泥淖。佛的目光在无始与无终之间，对于这颗球体上千百年来的蝇营狗苟，对于这一片灯红酒绿的是非地、形同苦役的名利场，说到底，佛是一概地看不上！而如今的心理疾病多如牛毛，又都是为了什么？比如说方兴未艾的"抑郁症"，你去调查吧，统计吧，很少不是因为价值感的失落。说白了，就是"我的重要性"一旦在市场上滞销、掉价、积压而后处理，一向自视重要的"我"便承受不住，"抑郁症"即告得手。佛所以是最好的心理医生，因为他从根本上否定了人的市场价格，坚定了生命的恒久价值。而这样的疗法，还是那句话：很难在叫卖声声的白天里进行，而要等到夜深人静。

说到这儿想起件事，前不久与朋友谈起"城市文学"。"乡土文学"谁都知道，可什么是"城市文学"呢？两个人说来说去，忽有所悟："城市文学"的特点，根本在一个"市"字上。城市，乃市场的引发，而市场的突出作为是价格的诞生。正所谓异化吧，价格功高镇主，渐渐就脱离开价值而自行其是了。于是乎讨价还价，袖子里掐手指，而后发展到满街贴广告和电视台上吹牛皮……原本是为了货通有无的集与市，慢慢竟变成了骗术比拼的大赛场。败下阵来的自然是郁郁寡欢，待其两眼发直、浑身发抖，便取名为"抑郁症"。有趣的是，先是亏本者抑郁，慢慢演化，亏心者倒荣耀起来，称为"成功人士"，其居住地宏伟壮观谓之"高尚社区"。久之，价格成长为重中之重，价值一败涂地。成者王侯败者寇。怕为寇者，或打肿自己充肥，或就做成宅男宅女不见天日，想起市场就显露出"抑郁症"所规定的种种征候。

其次我相信，佛家对死后的猜想并非虚妄。看看那些大和尚，圆寂之时是何等的从容淡定，你自会相信那既非莽汉式的无畏，亦非志士般的凛然，而是深思熟虑，一切都已了然于心，或就像那位印第安巫士所说：一切都已"看见"。当然了，此等境界绝非吾辈常人所能为之——譬如爱因斯坦看见了时间的弯曲，譬如霍金看见黑洞，咱咋就啥也不见呢？故凡俗之如我类，切莫指望什么神功奇迹，不如原原本本都留给极少数人吧。

不过呢，死亡毕竟在向你要求着态度。当然回避也是一种，勇敢也是一种，鲁莽还是一种——两眼一闭跳下去，跟蹦极一般。我选择钻牛角尖，死乞白赖地想一想，谁料结果却发现：死是不可能的。

> 死是什么？死就是什么都没有了，什么什么都没有了。可什么什么都没有了，怎么会还有个死呢？什么什么都没有了，应该是连"没有"也没有了才对。所以，如果死意味着什么什么都没有了，

我在我里面想：我是什么？我是我里面的想。

我，或者"我"

死也就是没有的。死如果是有的,死就不会是什么什么都没有了。故而"有"是绝对的。

"有"又是什么呢?有,是观察的确认——现代物理学也明确支持这一观点。"无"呢?"无"也一样是观察——准确说是观察所不及——的确认,因而仍不过是"有"的一种形态。推而演之,死也就是生的一种形态。

那么,观察意味着什么呢?观察意味着观察者的确在。而这个观察者,既然能够认知他者,也就一定能够自认。这自认,便创生了"我"。

"我死了",此言若非畅想,就一定是气话,现实中绝没有这回事。

"你死了"呢,或用于诅咒,或用于告慰。前者是说,你没死但你该死。后者是说你并没有死,不过是到了另一世界,或处于另一种存在状态罢了。

只有"他死了"这句话没毛病,必有相应的现实为之作证。比如说"史铁生死了",这消息日夜兼程,迟早会被证实。

（由此也可见，我是我，史铁生是史铁生。）

总结一下吧：死，绝不意味着什么什么都没有了。而一切"有"都是被观察的，一切"无"都是观察所不及的。所以"有"也好，"无"也好，都离不开观察者。那么，谁是最终的观察者呢？"我"！而"你"和"他"，"我们""你们"和"他们"，都不免是被观察者。

最后一个问题：设若真有来世，我怎么能认出此一世的我即是彼一世的我呢？首先，无论哪一世的你，不自称"我"又自称什么？其次，柏拉图说"学习即回忆"，被回忆者是谁？第三，一生止于吃喝屙撒睡的人太多太多，想必来世也就难于分辨，而一个独特的心魂自然就便于被回忆。

（以上四小节均引自史铁生作品《论死的不可能性》*。）

---

* 见后文《回忆与随想：我在史铁生》。——编注

我，或者"我"

在我想，求"往生"是不是有点儿多余？今生、来世其实是一样的，吃喝屙撒睡的固然一样，特立独行的也是一样，不知不觉的固然一样，大彻大悟的就更应该能看出些一样来。什么呢？生即是苦，苦即是生。如此又求的什么来世！今天就是昨天的明天，明天就是前天的后天……生还是苦，苦还是生，又何必在意此一生还是彼一生呢？我只相信，明天的意义，唯在进一步完美行动的可能。不过这已经有了保证：佛的目光在无始无终之间——史铁生要死就让他死吧，"我"才是那目光的无限仰望者与承受者。

那么"脱离六道轮回"呢？说真的，我半信半疑。所信者，你下辈子可以不是人、畜牲、恶鬼，等等；所疑的是，莫非你可以是"无"吗？你只要是"有"那就麻烦。"有"就是"有限"，正如"无限"其实就是"无"。你看吧，哪一种"有"不是有限的？你想吧，唯观察所不及者谓之"无"，而那正是因为它的无限。这样我们就有救了，就算我们有一天不再是人，也不是畜牲、饿鬼和什么什么，我们总还得是"有"（因为"无"是无的呀），进而就还得是"我"。"我"位于有限而行一条无限的路，那才是佛或上帝的恩宠！

而一条无限的路，正所谓日夜兼程，必是昼夜轮换的路！如果黑夜过于深沉，独善其身或自在之乐享用得太久，就好比心病患者会依赖上心理医生，人是会依赖于黑夜而不由得逃避白天的。然而白天就在黑夜近旁。不能使病者走进白天的医生是失败的医生，他培养了另一种"我执"。

况且此"执"是因乐而生。譬如乐不思蜀，乐具腐蚀，岂止是不思蜀，其实是不思苦，进而养成享乐的贪图。乐无止境，难免日趋狭隘，偶像繁多，倒给"菩萨"们都分配了工作，管升官的、管发财的、管文凭和职称的……最后连掩盖罪行都有专管。尤其，这享乐与灭苦的期求，一旦进入白天，与疯狂的市场合谋，爱愿常不是它们的对手。

所以我想，佛门弟子要特别地看重地藏菩萨。"我不下地狱谁下地狱""地狱不空誓不成佛",地藏的这两句伟大誓言,表明他是一位全天候的觉者!虽然一个"成"字似乎还是意味着终点,但他把终点推到了永远,从而暗示了成佛之路的无限性。道路的无限即是距离的无限,即是差别的无限,即是困苦的无限,也便意味着拯救之路的无限,幸而人之不屈不挠的美丽精神也可以无限——唯此,无始无终的存在才不至于陷入荒诞。

"我不下地狱谁下地狱"简直就是十字架上真理的翻版,"地狱不空誓不成佛"明显与基督精神殊途同归。是呀,一切黑夜的面死之思,终要反身投入到白天的爱愿(当然,一切爱愿总也要面对死的诘难)。

你会发现,白天的事难免都要指向人群,指向他者,因而白天的信仰必然会指向政治。但政治并不等于政府,否则有政府的地方就不该再有不同政见。因而,政治的好坏也就不取决于国的强大与否,而在乎于民之福患。国之强大,仅仅是为了保卫民的福利,否则何用?所以,以强大为目的的政治是舍本求末,以爱为灵魂的政治才是奉天承运，才会是好政治。

然而，爱也是有危险的。比如以死相威胁的"爱情"，比如期求报答的"友爱"，比如只为谋权的"爱国爱民"，比如盛气凌人甚或结党营私式的种种"信徒"……问题是鱼目混珠，真假何辨？其实呢，以平常常心观之，真假自明——正所谓"人人皆有佛性"，也正是神在的最好证明。

我有个朋友，初到某地，两眼一抹黑，有个老太太帮他渡过了道道难关，他说我可怎么报答您呢？老太太说：你去帮助别人就是。我听说有个过马路的老头儿，四望无车无人，却还是静静地等候红灯。人说您这不是犯傻吗？他说：我不知道在哪个楼窗里，会不会有个孩子正看着我。我还知道有位女士，不知听哪个昏僧说，促成一桩婚姻便为来世积下一份善缘，于是不遗余力地乱点鸳鸯谱——管他们有情与无情！

爱的危险还有一条：仅仅的爱人。您信吗？仅仅的爱人，会养成铺张浪费，甚至穷奢极欲的坏毛病——情形就像被溺爱的孩子。所谓"爱上帝"说的是什么？是说要爱世间一切造物。所谓"爱命运"说的是什么？是说对一切顺心与不顺心的事，都要持爱的态度。

"我执"多种多样，并不以内容辨；无论什么事，一旦"我的重要性"领衔，即是"我执"。譬如常说的"立功、立德、立言"，尤其前面再加一句"为天下人"，都是再好没有，但请留神，"我"字一重，多么慷慨大义的言辞也要变味。不过，这事最为诡异的地方是：一味地表现"自我"是"我执"，刻意地躲避"自我"还是"我执"；趋炎附势的是"我执"，自命清高的还是"我执"；刚愎自用的是"我执"，自怨自艾的也是"我执"。那么"我"就得变傻子吗？对不起，您又"我执"了。我什么都不说成吗？成是成，但这仍然是"我执"。简直就没好人走的道儿了！不，这才是好人走的道儿呀：好人，才看见"我执"，才放弃"我执"，才看见放弃"我执"有多难，才相信多难也得放弃"我执"——这下明白了，成佛的路何以是一条永行的恒途。

《伊索寓言》中有一篇说到舌头，说那是人间最好和最坏的东西，因为它可以说出最美和最丑的语言。信仰的事着实跟舌头有一拼，它既可让人行无比的善，也可让人作滔天的恶。譬如曾经和现在，也譬如此地和别处，人们为信仰而昏昏，也为信仰而昭昭；为信仰而大乱，也为信仰而大治；为信仰而盛气凌人，也为信仰而谦恭下士；为信仰而你死我活，也为信仰而乐善好施……再问何根何源？以我的愚钝来想，大凡前一类都还是那个"我执"。

如何灭尽"我执"呢？不知道。我真的不知道，因为我感到我永远都灭不尽那玩意儿。我感到我只能是见一个杀一个，没什么彻底的办法。我感到诚实是第一位的，比如说白天就是白天，黑夜就是黑夜。黑白颠倒你试试看，或者只需想一想，会不会把白天弄成了自闭症，一到夜里又妄想狂？

2010年11月4日

回忆与随想：我在史铁生

1. 论死的不可能性（附一篇）

史铁生居然活满了一个花甲，用今天年轻人的话说：这也太夸张了！不过这是真的，六十岁，对我来说就这感觉。

二十一岁双腿瘫痪，轮椅坐了四十年，到底也没能找出个确凿的病因来。三十岁上两个肾又相继失灵，其时"透析疗法"还相当简陋，所幸我一时还不必就靠它；大夫的对策是在我的肚皮上钻一个洞，相当于下水改道，并建议我"争取再活十年"。谁料，这个史铁生轻易就完成了定额，而后的日日夜夜全是"灰色收入"。

靠两个残肾坚持到四十八岁，终于不行了，去"透析"，大夫说我是福将：现在各项技术都成熟了，您翩翩而至。翩翩个鬼吧，人肿得像一具溺水的尸首。

把身体比作一架飞机，要是两条腿（起落架）和两个肾（发动机）一起失灵，这故障不能算小，料必机长就会走出来，请大家留些遗言。

躺在透析室的病床上，看鲜红的血在透析器里汩汩地走——从我的身体里出来，再回到我的身体里去，那时，我常仿佛听见飞机在天上挣扎的声音，猜想上帝的剧本里这一幕是如何编排。（随笔《病隙碎笔1》）

那时我常有这样的感觉：死神就坐在门外的过道里，坐在幽暗处，凡人看不到的地方，一夜一夜耐心地等我。不知什么时候它就会站起来，对我说：喂，走吧。我想那必是不由分说。不管是什么时候，我想我大概仍会觉得有些仓促，但不会犹豫，不会拖延。（散文《轻轻地走与轻轻地来》）

关于生死，有个著名的比喻：一只鸟儿，在漫无边际的黑夜里飞，冷不丁撞进了一个窗口，里面灯火辉煌，人声鼎沸，三教九流，七情六欲……鸟儿左冲右突，或许还前思后想，或许还上下寻觅，猛然间又莫名其妙地从另一窗口飞出,重入茫茫黑夜。

撞进窗口的就叫作"生",重入黑夜的即谓之"死"。倘其出出进进呢?我猜就是人们常说的"转世轮回"吧。

我常摇着轮椅在街头闲逛,看人群如蚁,车流如潮,看一张张兴奋与焦灼的面孔,或一群群"鸟儿"快乐或慌张地飞去飞来……总是不由得想,这急匆匆的脚步都是要赶去哪里,去赴什么约会?不急不忙你慢慢地看,很容易认出哪些是刚撞进窗口来的,却很难看出哪些即将重入黑夜。但不管是哪一个飞进来,哪一个飞出去,这一片灯火辉煌与人声鼎沸都不会因之而有本质的改变。

除非是我死了。我死了,一切都将化作虚无。

但是,"我死了"这件事,令人由衷地怀疑。

"我死了",此言若非畅想,就一定是气话,现实中绝没有这回事。

"你死了"呢,或用于诅咒,或用于告慰。一是说你没死，但你该死。一是说你并没有死，不过是到了另一世界，或处于另一种存在状态罢了。

只有"他死了"这话没毛病，必有相应的现实为之作证。比如说"史铁生死了"，这消息日夜兼程，迟早会被证实。

事已至此，我的希望，同时也是我的忧虑，就都在一件事上了：我能不能在临死之时保持住镇静，能不能在脱离史铁生的瞬间免于惊慌，以便今生的某些思绪能够扼要地保存下来，不随那史的灰飞烟灭而灰飞烟灭。倒不是说今生的思绪有多么高明，多么值得流传，恰恰相反，都是些粗陋的荒唐之想，但我希望来生能够继续。倘若来生一切都还是要从头来过，疯牛似的转个没完，生命岂不太过荒诞？但愿我一直清醒，闻死神之逼近，仍能够有条不紊，携带好今生记忆，以备来世那位尚不知其姓名的我少走弯路。至于有没有来生，有没有灵魂，都应该不是问题。

对于死，可以说人人都配得上是预言家——有谁会料想不到自己迟早是要死的呢？不过看上去大家都活得泰然、潇洒，并不见有谁为那必来的灭顶之灾而惶惶不可终日。然而，一旦周围有死亡事件发生，从人们的表情上看，不怕死的还是很少。泰然和潇洒，不过是对问题的悬置、拖延，甚或苟且——死期离我尚远。

从书上见过一位真正参透了生死的老人，他说他每天早晨醒来，见自己依旧是博尔赫斯，便一脸的苦笑。我猜这绝不能够是勇敢，必须是一种智慧，便循其不经意间留下的蛛丝马迹去想，终于弄懂了**死的不可能性**。言外之意：怕死，乃人类最为严重并悠久的一项愚昧。

出生是怎么回事？你从虚无中来。死亡呢？回虚无中去。那么，来也于斯，归也于斯，我就不明白了：为什么你就不能**再**从那儿来呢？如果你不能**再**从虚无中来，凭什么你曾经就能从那儿来？生前的虚无与死后的虚无，有什么两样吗？

死是什么？死就是什么都没有了，什么什么都没有了。可什么什么都没有了，怎么会还有个死呢？什么什么都没有了,应该是连"没有"也没有了才对。所以,如果死意味着什么什么都没有了,死也就是没有的。死如果是有的,死就不会是什么什么都没有了。故而"有"是绝对的。

"有"又是什么呢?有,是观察的确认——现代物理学也明确支持这一观点。"无"呢?"无"也一样是观察——准确说是观察之不及——的确认,因而仍不过是"有"的一种形态。推而演之,死也就是生的一种形态。

那么,观察意味着什么呢?观察意味着观察者的确在。而这个观察者,既然能够认知他者,也就一定能够自认。这自认,便创生了"我"。

总结一下吧:死,绝不意味着什么什么都没有了。而一切"有"都是被观察的,一切"无"都是观察所不及的。所以"有"也好,"无"也好,都离不开观察者。那么,谁是最终的观察者呢?"我"呀!而"你"和"他","我们""你们"和"他们",都不免是被观察者。正所谓"铁打的营盘流水的兵",史铁生们来了走,走了来,而"我"是不死的。

我，或者"我"

最后一个问题：设若真有来世，我怎么能认出此一世的我即是彼一世的我呢？首先，无论哪一世的你，不自称"我"又自称什么？其次，柏拉图说"学习即回忆"，被回忆者是谁？第三，一生止于吃喝屙撒睡的人太多太多，想必来世也就难于分辨，而一个独特的心魂自然就便于被回忆。

但是且慢。来也于斯，归也于斯，却又说斯是乌有，岂不矛盾？一点儿都不矛盾，这恰恰是说**生生相继**，且是紧密相继——生生之间并无断档。

不是吗？自古至今已有多少人死去了，但心魂之旅却不曾须臾间断，生命的路途依旧艰苦卓绝，激情洋溢……至于某一（或种种）姓名所标记的肉身嘛，当然是要灰飞烟灭的，但某一（或种种）姓名所代表的记忆，却因为存在的无限，因为"日光之下，并无新事"①，而必致其"永恒复返"②。

---

① 《旧约·传道书1:9》。
② 尼采语。

附：所谓轮回，或永恒复返

尼采对于"永恒回归"的证明，或可简略地表述如下：生命的前赴后继是无穷无尽的，但生命的内容，或生命中的事件，无论怎样繁杂多变也是有限的；有限对峙于无限，致使回归（复返、再现）必定发生。休谟说："任何一个对于无限和有限比较起来所具有的力量有所认识的人，将绝不怀疑这种必然性。"①（随笔《人间智慧必在某处汇合》）

不过，"永恒回归"只是说路途的难免重复，并不意味着个体的必然复返。一副牌，不停地玩下去，迟早会出现重复排列，但不等于会重复在一个人手里。

但问题是你怎么知道，眼前的这个人，就一定不是

---

① 大卫·休谟《自然宗教对话录》第八部分。

前世的那个人呢?

时间呀!时间首先就不允许。重复排列所需要的时间,肯定要远远超过一个人的有生之年。

可我们说的是隔世,你知道隔世是多久吗?

这个我没兴趣。我只问:你怎么能认出这个人就是前世的你?

这让我想起一群鸽子。二十年前我住在雍和宫附近,不管是什么时候,从我那间小屋的窗口望出去,金碧辉煌的那几座牌楼上总是栖息着一群鸽子。

不注意,你会觉得从来就是那么一群在那儿飞着,细一想,噢,它们生生相继已不知转换了多少回肉身!一群和一群,传达的仍然是同样的消息,继续的仍然是同样的路途,克服的仍然是同样的坎坷,期盼的仍然是同样的团聚……凭什么说那不是鸽魂的一次次转世呢?(散文《人间智慧必在某处汇合》)

不错,但那是**种**的接续,**族**或**类**的生生不息,并不意味着个体的"复返"或"轮回"。比如说你,史铁生,打赌吗?早晚是个灰飞烟灭!

那你得先告诉我,"史铁生"指的都是什么?

废话,当然是指你。史铁生就是你,你就是史铁生。

未必,实在是未必!史铁生不过是我曾居住过的一具肉身罢了:一架骨骼,一套脏器,四肢、五官、血管、神经和一个大脑。而这一切又都不过是细胞的组合,就像那群鸽子,一个个细胞就像一只只鸽子,看起来好像一直都是它们,实际呢,新陈代谢早不知有多少回了。

那又怎样?

好,我告诉你:史铁生须臾生死,史铁生流变不居,史铁生在其有生之年早不知被更新多少遍了。我的意思是,这个史铁生早就不是那个史铁生了——"铁打的营盘流水的兵"!

可他还是得叫史铁生。

不错,那是因为DNA的相对稳定——细胞虽一代代老化、死亡,可新一代的组合还是遵循着原有的设计。不过单凭这一点,我相信您只能认出史铁生的尸体,或不幸他已然形同一株植物。而一个活生生的人,久别重逢,你靠什么来辨认他呢?只能是**记忆**,即某些共同的经历,共同能够回忆起来的人和事。因为,**一个人真正的所是,就在于他的记忆**!"喂,您还认得我吗?""不好意思,您是?""还记得那年在'马里昂巴'吗?夏天,你,我,还有那位大胡子的摄影师……""噢,史铁生!你可真是变得太厉害了!"

这就有趣得很了。DNA所能证明的只是一个人的肉身——也可以叫"住所",叫"故居";而记忆能够证明的,那才是我,或者"我",即那"住所"或"故居"的主人。(唯因如此,神话中的人们才能够隔世相认——肉身已然更新,DNA已经改写,所幸还有前世的记忆可供沟通。)所以,记忆=心魂=我或者"我",DNA=肉身=种种姓名所标分的一具具心魂的载体。又所以,我 ≠ 史铁生;最多是,我 ≈ 史铁生。顺理成章吗?

很多事是不可能实证的，唯顺理成章就对。

是吗？那就又有个顺理成章的问题了：你这个"永恒的行魂"，能否说一说你的前世呢？当然了，说不出也没关系，可那您就别在这儿瞎扯了！

是呀是呀，我说过，这是我"出生望死"时唯一的忧虑。但问题并不在于我说不说得出我的前世，即便我说得出谁又肯相信呢，谁又能证明其真伪呢？所以，真正的问题是：设若我的前世活得毫无特色，比如说只是一味地吃喝玩乐，无所用心，一生风平浪静，死水一潭，甚至从未感到过身心之别，可让我根据什么来辨认他呢？你能在森林里认出每一棵树吗？你能在荒漠中认出每一粒沙吗？若非司机独特，你能从一批批流水线上下来的汽车中认出哪辆是哪辆吗？我无意贬斥平庸，尤其是在"政治正确"的意义上。但说句老实话吧，一世平庸接续起又一世的平庸，可有什么值得辨认，又有什么可供辨认的呢？无非是一遍又一遍地活着，活得无知无觉，接续得模糊但却顺畅罢了。

而如果相反，前世心魂因其艰难的跋涉，困苦的思索，深刻的疑问而超越了生理性存在，今世心魂就有了辨认它的机会。比如在书店，阅尽千般皆不是，忽一本古人的书立刻唤醒了你的才情，激活了你的灵感。又比如伫立街头，迷茫四顾，忽一番路人的闲话，让你久有的困顿一朝畅通。所谓"众里寻她千百度，蓦然回首，那人却在灯火阑珊处"仅仅是灵感吗？可灵感又是什么呢？有谁给过它顺理成章的解释吗？那么，依我看，灵感就是心魂的隔世接续。柏拉图说"学习即回忆"，回忆什么？或对于什么的回忆？想来只有前世。所谓天赋，即由学习所唤醒的隔世之思、之想，甚至于之能。否则天才是怎么来的？莫扎特四岁作曲，还有那个数学神童高斯，总不会都是现趸现卖吧？如此重要的现象，仅靠"天才"二字了事，倒不如"转世"的猜想来得积极。

接续，是心魂的接续。DNA的重复率很低，碰上了也没多大意义。庄子说"乘物以游心"，我们搭乘一部有限的生理之车，去行那无限的心魂之路罢了。唯一路未尽的行旅，一生未解的悬疑，或比如《自新大陆》中那一缕时隐时现的律动，才是你辨认前世今生的根据。

否则很难。

当然了，心魂的接续，文明的传承，还有其显明或通常的一路——就比如唤醒你"灵感"的那本书。你把某位古圣贤的思想以印刷品的形式接回家，隔世重逢般地融入你的思绪，那么不管他叫老子还是叫苏格拉底，你就都是他们的接续者了，完全不必有什么族与国的顾忌。顺便说一句：谁要是以国、族的立场来确认真理，谁最终就一定会以自己的利益来确认真理；而这个"自己"，难免只是那具终将灰飞烟灭的肉身。而"永恒的行魂"行踪无限，思虑深远，岂是一条人为的国界或一标偶然的族别可以圈定！

对于生命之必在，对于"我"之不死，如果你仍有怀疑，谢天谢地，现代物理学——准确说是量子力学——给了我们一个足可以乐观的理由。

《上帝掷骰子吗》一书中说："不存在一个客观、绝对的世界。唯一存在的，就是我们能够观测到的世界……测量行为创造了整个世界。"（随笔

《门外有问》）

这就是说,不可能存在一个失去观察的世界。那么显然,也就不可能有一个失去观察者的世界。而这观察者,当然不是说只有人类才可担当;因为跟每个人一样,人类也是有其生前与死后的,那时将由谁或什么来担此"观察"的重任呢?但不管是谁,或是什么,这担当者必得是**生命**——谁说生命只能是RNA、DNA以及蛋白质的构成呢?为什么不可能有更优质的材料和更高明的设计,从而有种种别样的生命呢?

但有一条,就连"创世主"也是不能改变它的:既是观察,就必然是由此及彼,由己及他,这意味着距离的必然,差别的必然,困苦的必然。

不过,我并不完全赞成《上帝掷骰子吗》一书之所说。因为,"我们能够观测到的世界"一语,已然暗示了还有我们的观测所不及的世界,或拒绝被我们观测到的世界。所以,"一个客观、绝对的世界"之确在的证明是:它并不因为我们的观测不及,就满怀善意地也不影响我们,甚至伤害我们。就是说,固然我们无法谈论我们所不知的事物，但这不等于它因此就不给我们小鞋穿。

2．生，或永恒的欲望（附一篇）

确实，就像电影，黑暗中没来由地亮起一块银幕，随即有了声音，有了形象……在一阵阵似乎遥远又似乎贴近的风中，声音和形象试图拼接起来，一开始并不成功。

不过，在这之前并没有黑暗，是后来的一切照亮了黑暗——即照亮与黑暗同时发生。所谓后来，是指那些声音和形象，慢慢地，终于拼接出一种意味。什么意味，另当别论。但很可能，那正是人终于想表达点儿什么和终于能够表达点儿什么的初始缘由。

所以我相信，生命是起源于一种欲望，或者也可以说一种引诱。

我的那块银幕上，先是呈现出一片泛了黄的白色屋顶，继而是一扇亮白而朦胧的窗，还有一条近乎于黑的房梁。它们也在一次次地努力着,试图拼接起来。如果我说,这拼接的过程中有些"咔嚓、咔嚓"类似光盘损坏般的声音,对于今天的回忆,应该说也不过分。随之,屋顶和窗户都渐渐地清晰起来。屋顶上有一片水波般散开的环形纹饰,正中间垂挂下一盏吊灯。窗上则显露一格格暗淡的窗棂,以及凌乱的树影。"咔嚓、咔嚓"的声音突然停顿——跳过了残损,树影剧烈地晃动起来,风终于落实在不远不近的窗外……一种意味总算是拼接成功。什么呢?我记得是:怨屈。无比的怨屈伴随着哭号喷涌而出,一泻千里,充斥于整个世界……

完全可以说这是婴儿的体操。

但也是人之根本处境的提示。这个未经我知便已被命名为"史铁生"的小小躯体,将在其必然长大和不断残损的过程中给我带来六十几年怎样的折磨,回过头看,其实都已经写在那一次成功的拼接中了。这么说吧:一部名为《史铁生》的剧本,已经写好,剩下的全是我怎么演的事了。

我站在炕上,扶着窗台,透过玻璃看它。屋里

童年,在父母中间

我,或者"我"

有些昏暗，窗外阳光明媚。近处是一排绿油油的榆树矮墙，越过榆树矮墙远处有两棵大枣树，枣树枯黑的枝条镶嵌进蓝天，枣树下是四周静静的窗廊。——与世界最初的相见就是这样，简单，却印象深刻。复杂的世界尚在远方，或者，它就蹲在那安恬的时间四周窃笑，看一个幼稚的生命慢慢睁开眼睛，萌生着欲望……（散文《轻轻地走与轻轻地来》）

那地方名叫"草厂胡同39号"，我到达史铁生的第一站。或者说，我就出生在那儿。或者说是史铁生，就出生在那儿。准确说是有个男孩儿，在那儿出生，并在那儿被命名为"史铁生"。

我没有考证过，但应该没问题，所谓"草厂胡同"一定是因为那儿曾经有一座皇家的草料仓库。因为附近还有条小街叫"新太仓胡同"。再远些，还有个地方叫"海运仓胡同"。

草厂胡同，地处明、清两代京城的东北角，城墙与护城河的拐弯处。距此不远便是地坛，一座废弃已久的古园，早年皇上祭地的场所。小时候我跟着一群与我年纪相仿的孩子常到那儿去捉蛐蛐，逮蜻蜓，踢足球……正如我后来所写："许多年前旅游业还没有开展，园子荒芜冷落得如同一片野地，很少被人记起。"那群无忧无虑的孩子中的一个，那个碰巧名为史铁生的少先队三道杠，他当然不会想到，未来，在我们一起出生二十二年以后，几乎每天都要摇着轮椅走过雍和宫，走过护城河，走进地坛红墙绿瓦的拱门，走到那片浓荫匝地的老柏树下，去读书，闲逛，默坐或呆想。

关于地坛，至少还可以有三种介绍——

① 地坛离我家很近。或者说我家离地坛很近。总之，只好认为这是缘分。地坛在我出生前四百多年就坐落在那儿了；而自从我的祖母年轻时带着我父亲来到北京，就一直住在离它不远的地方——五十多年间搬过几次家，可搬来搬去总是在它周围，而且是越搬离它越近了。我常觉得这中间有着宿命

的味道:仿佛这古园就是为了等我,而历尽沧桑在那儿等待了四百多年。(散文《我与地坛》)

② 坐在那园子里,坐在不管它的哪一个角落,任何地方,喧嚣都在远处。近旁只有荒藤老树,只有栖居了鸟儿的废殿颓檐、长满了野草的残墙断壁,暮鸦吵闹着归来,雨燕盘桓吟唱,风过檐铃,雨落空林,蜂飞蝶舞草动虫鸣……(散文《想念地坛》)

③ 可是,地坛已经没有了。我是说我写过的那个地坛,已不复存在。时隔三十多年,沧桑巨变,那园子已是面目全非,"纵使相逢应不识",连我都快认不得它了。人们执意不肯容忍它似的,不肯留住那一片难得的安静,三十多年中它不是变得更加从容、疏朗,它被修葺得齐齐整整、打扮得招招摇摇,天性磨灭,野趣全无,是另一个地坛了。(剧本《地坛与往事》)

小时候我常想：我为什么偏偏是出生在这儿，而不是别处？很多年后我才找到一个答案：一个人只能出生在一个地方。可又为什么偏偏是**我**，出生在**这儿**呢？因为每个人都自称为"我"，我使我所在的地方成为"这儿"。可我为什么就叫"史铁生"，这儿又为什么就叫"草厂胡同39号"呢？

大概三四岁吧，就常有这类问题跳进心中。是的，心中，而非大脑。多年后我才弄懂，我并不在我的大脑里，我在我的心中；或者说，我非大脑，我即心灵。大脑乃史铁生之一部分，更像是一台计算机，那时我还不太会用，故不能把问题表达得准确。很可能，人这一生，即心和脑的一次经常的携手与对抗。

我记得一个小小的身影，立于窗外的石阶前，看一缕朝阳透过玻璃，在屋里变成一条耀眼的玫瑰色，缓缓移过墙上的一张年画——《我们热爱和平》，慢慢接近着旁边的一架老挂钟……老挂钟"滴滴答答"地响，那条耀眼的玫瑰色越来越细窄、越来越浓艳，忽悠一下跳出窗外，融入满院子轰轰烈烈的夏日光芒……或许，我就是在那一刻走进了史铁生的吧？

我，或者"我"

那一刻，在茫茫宇宙中这一颗尘埃般的星球上，正是日出日落，月圆月缺，星移斗转……正是春风化雨，骄阳似火，天高云淡，大雪纷飞……那一刻，正有一场战争在朝鲜半岛打得火热，奶奶教我唱一首歌："嘿啦啦啦啦，嘿啦啦啦，天空出彩霞呀，地上开红花呀……"那一刻硝烟起处正有多少灵魂脱离开肉体，茫然不知何往……那一刻也正有多少母亲十月怀胎一朝分娩，相应地，也就有多少懵懂的灵魂，正哭着、喊着来到人间……那一刻晨钟暮鼓，那一刻地远天长，那一刻"花间一壶酒""高处不胜寒""梦里不知身是客""铁马冰河入梦来"……那一刻，存在之网正一如既往地编织，不舍昼夜，上帝的创造正按部就班地进行……历史，岂是几个人合谋的撰写？实际上每一秒钟都有无限的可叙述性。

其实，我是出生在离那个四合院不远的一家医院。生我的时候天降大雪。一天一宿罕见的大雪，路都埋了，奶奶抱着为我准备的铺盖蹚着雪走到医

院,走到产房的窗檐下,在那儿站了半宿,天快亮时才听见我轻轻地来了。(散文《轻轻地走与轻轻地来》)

有一天母亲整理旧文件,忽然飘落下一张小纸片,捡起来看看,竟是我的出生证。纸已发黄,印制也很简陋,唯钢笔填写的几个关键词依然端庄秀丽:史铁生　男　1951年1月4日4时20分　北京市道济医院

那是家教会医院,整个建筑就像座教堂,有着哥特式的尖顶。楼窗高而窄,被满墙的"爬山虎"遮去大半,因而楼道里总是幽幽暗暗,幸有"白大褂"们穿行其间,才有了些亮色。但在我的印象里,那缕缕亮色,总是与孩子们的哭声紧密相关。这医院后来改名为"北京市第六医院";我从小多病,一发烧,奶奶就领我到那儿去——

……走过一条又一条胡同,天上地上都是风、被风吹淡的阳光、被风吹得断续的鸽哨儿声。那家医院就是我的出生地。打完针,嚎啕之际,奶奶买

一串糖葫芦慰劳我,指着医院的一座西洋式小楼说,她就是在那儿听见我来了的,那天下着罕见的大雪。(散文《故乡的胡同》)

那张小纸片让母亲感慨良久,没想到历经劫难它竟一直安睡在这里。我却是头一回见它——像一位久闻其名却从未谋面的老朋友,跟我的想象颇有差距。母亲小心地把它收好,意思是再不可怠慢。我却想象那个冬日的黎明:静静的产房外面,幽暗的走廊尽头,一缕白色的身影窈窕、曼妙,与窗上的冰凌花交相辉映……古旧的木地板上一串轻盈的脚步声,与窗外的飞雪一样的节奏……年轻的护士小姐走到桌前,坐下,仪态端庄,神色安宁,接着蘸水笔碰响了墨水瓶,继而是笔尖走过纸面的沙沙声……就这样,上帝借一双纤柔的手和一颗宁静的心,签署了我与史铁生的携手到来,揭开了一场绝不宁静的戏剧。

我还记得,墙上的那张年画上,是一个男孩儿和一个女孩儿,怀中都抱了一只鸽子,背景是蓝天、白云,清澈，深远。标题是：我们热爱和平。

但那更像是一个传说，亦真亦幻。出生，甚或是一个谣言也未可知。而生命确凿的开始，我说过，在于欲望，或者叫引诱——

我蹒跚地走出屋门，走进院子，一个真实的世界才开始提供凭证。太阳晒热的花草的气味，太阳晒热的砖石的气味，阳光在风中飘舞、流动。青砖铺成的十字甬道连接起四面的房屋，把院子隔成四块均等的土地，两块上面各有一棵枣树，另两块种满了西番莲。西番莲顾自开着硕大的花朵，蜜蜂在层叠的花瓣中间钻进钻出，嗡嗡地开采。蝴蝶悠闲飘逸，飞来飞去，悄无声息，仿佛幻影。枣树下落满移动的树影，落满细碎的枣花。青黄的枣花像一层粉，覆盖着地上的青苔，很滑，踩上去要小心。天上，或者是云彩里，有些声音，缥缈不知所在的声音——风声？铃声？还是歌声？说不清，很久我都不知道那到底是什么声音，但我一走到那块蓝天下面就听见了它，甚至在襁褓中就已经听见它了。那声音清朗，欢欣，悠悠扬扬不紧不慢，仿佛是生命固有的召唤，执意要你去注意它，去寻找它、看望它，甚或去投奔它。

我迈过高高的门槛，艰难地走出院门，眼前是一条安静的小街，细长、规整，两三个陌生的身影走过，走向东边的朝阳，走进西边的落日。东边和西边都不知通向哪里，连接着什么，唯那美妙的声音不惊不懈，如风如流……（散文《轻轻地走与轻轻地来》）

这欲望是仅仅属于我呢，还是也属于史铁生？很可能，此前我与史铁生还不能区分，与这个世界也还不能区分。正是这个叫作"欲望"的东西，将把我们分开，分开成我与史铁生，分开成我与别人、我与世界，分开成世界的这儿和那儿，因而——

我永远都看见那条小街，看见一个孩子站在门前的台阶上眺望。朝阳或是落日弄花了他的眼睛，浮起一群黑色的斑点，他闭上眼睛，有点怕，不知所措，很久，再睁开眼睛，啊好了，世界又是一片光明……有两个黑衣的僧人在沿街的房檐下悄然走过……几只蜻蜓平稳地盘桓，翅膀上闪动着光芒……鸽哨声时隐时现，平缓悠长，渐渐地近了，噗噜噜飞过头顶，又渐渐远了，在天边像一团飞舞的纸屑……这是件奇怪的事，我既看见**我的眺望**，又看见**我在眺望**。（散文《轻轻地走与轻轻地来》）

所以，六十年过去了，我总是不能满意于种种依靠**灭欲**来维系的信仰。我总是不由得要问：所谓"第一推动"，到底是谁在推动？所谓"有生于无"，究竟是靠的什么？

西方哲人说，无中生有是不可能的。东方哲人却说，有生于无。不过东方哲人还有一说：万法皆空。又说：空即是有，有即是空。所以我猜东哲的本意是：**有生于空**。空，并不等于无。而有呢，也不见得就是有物质。有什么呢？不知道。物理学家说：抽去封闭器皿中的一切物质，里面似乎还是有点儿什么的。有点儿什么呢？还是不知道。那咱就有权瞎猜了：有"空"！万法皆空而非万法皆无，所以这个"空"绝非是说一切皆无。那么，这个"空"里面又有什么呢？有着趋于无限强大的"势"，即强烈地要成为"有"的趋势，或倾向——我想不如就称之为"欲望"吧。在现有的汉语词汇中，没有比用"欲望"来表达它更恰当、更传神的了。（散文《智能设计》）

欲望，无不是出于孤独，出自寂寞；就像一渴望着二，二渴望着三，三渴望着万事万物。你听那教堂的钟声与歌咏，在天空中聚合；你听那寺庙的鼓乐与吟哦，在大地上滚动；你看那人间的历史从未间断，舞台上的戏剧永不谢幕——这永恒的欲望之舞呵，空极致有，静极生动，万法归一复又万物铺陈……阴晴圆缺，悲欢离合，空荒的宇宙这才充满了热情！

所以，"一"不是"无"，而是"空"。就好比春情萌动的少年那一颗空空落落的心。就好比我在史铁生，十一二岁的时候,蹲在满院子春花盛开的老海棠树下,空空落落的心里全是渴望。渴望什么呢?说不清,但总是觉得,很快就会有什么动人的事情发生了……

那些天珊珊一直在跳舞。暑假将尽,她说一开学就要表演这个节目。

晌午,院子里很静,各家各户上班的人都走了,不上班的人在屋里伴着自己的鼾声。珊珊换上那件白色的连衣裙,"吱呀"一声推开屋门,走到老海棠树下,摆一个姿势,然后翩翩起舞。

我煞有介事地在院子里转一圈,然后在南房的阴凉里坐下。

西番莲正开得热烈,草茉莉和夜来香无奈地等候着傍晚。蝉声很远,近处是"嗡嗡"的蜂鸣,是盛夏的热浪,是珊珊的喘息。她一会儿跳进阳光,白色的衣裙灿烂耀眼,一会儿跳进树影,纷乱的图案在她身上漂移、游动;舞步轻盈,丝毫也不惊动树上午睡的蜻蜓。我知道她高兴我看她跳舞,跳到满意时她瞥我一眼说:"去!"——既高兴我看她,又说"去",女孩子真是搞不清楚。

我仰头去看树上的蜻蜓,一只又一只,翅膀微垂,睡态安详。其中一只通体乌黑,是难得的"老膏药"。我正想着怎么去捉它,珊珊忽然喊我:"喂,快看呀你!"随之她开始旋转,旋转得娇喘吁吁,旋转得树影纷乱……连衣裙像降落伞一样张开,紧跟着一蹲,裙裾铺开在老海棠树下,圆圆的一大片雪白,一大片闪烁的图案。

"嘿,芭蕾舞!"

"笨死你,这叫芭蕾舞呀?"

但我听得出,珊珊其实喜欢我这样说。(散文《珊珊》)

不过我对珊珊没兴趣。为什么没兴趣?多年以后我才听到一句切中少年史铁生之心绪的话:陌生即性感。这话有理,但理在何处却一时懵懂不知。不过,知与不知无关大局,觉与不觉才至关重要。

少年史铁生的兴趣,有点儿像我笔下的画家Z——

Z的生命应该开始于他九岁时的一天下午,近似于我所经历过的那样一个冬天的下午。开始于一根插在瓷瓶中的羽毛。一根大鸟的羽毛,白色的,素雅,蓬勃,仪态潇洒。开始于融雪的时节,一个寒冷的周末。开始于对一座美丽的楼房的神往,和走入其中时的惊讶。开始于那美丽楼房中一间宽绰得甚至有些空旷的屋子,午后的太阳透过落地窗一方一方平整地斜铺在地板上,碰到墙根弯上去竖起来,墙壁是冬日天空一般的浅蓝,阳光在那儿变成空濛的绿色,然后在即将消失的刹那变成淡淡的紫红。一切都开始于他此生此世头一回独自去找一个朋友,一个同他一般年龄的女孩儿——一个也是九岁的女人。(长篇小说《务虚笔记》)

或者,也有点儿像同一篇小说中的诗人L——

可能有两年,或者三年,L最愿意做的事,就是替母亲去打油、打酱油、打醋、买盐。因为,那座美丽的楼房旁边有一家小油盐店……L盼望家里的油盐早日用光,那样他就可以到那家小油盐店去了……便可望见那座橘红色的房子了,晚霞一样灿烂……单单是在学校里见到她,诗人不能满足,L觉得她在那么多人中间离自己过于遥远。L希望看见她在家里的样子,希望单独跟她说几句话,或者,仅仅希望单独被她看见。这三种希望,实现任何一种都好……有时候这三种希望能够同时实现:T单独在院子里跳皮筋儿、踢毽子、跳"房子"。

"喂,我来打油的。"

"干吗跑这么远来打油呢你?"

"那……你就别管了。"

"桥西,河那边,我告诉你吧离你家很近就有一个油盐店。"

"我知道。"

"那你干吗跑这么远?"

"我乐意。"

"你乐意?"女孩儿T笑起来,"你为什么乐意?"

"这儿的酱油好。"诗人改口说。

T愣着看了L一会儿,又笑起来。

"你不信?"

"我不信。"

少年诗人灵机一动:"别处的酱油是用豆子做的,这儿的是用糖做的。"

"真的呀?"

"那当然。"

"噢,是吗!"

"我们一起跳'房子',好吗?"

好,或者不好,都好。只要能跟她说一说话,那一天就是个纪念日。

……但家里的油盐酱醋并不是每天都要补充。十二岁,或者十三岁,L想出了一条妙计:跑步。以锻炼身体的名义,长跑。从他家到那座美丽的房子,大约三公里,跑一个来回差不多要半小时——包括围着那红色的院墙慢跑三圈,和不断地仰望那女孩儿的窗口,包括在她窗外的树下满怀希望地歇口气。还是那三种希望,少年L的希望还不见有什么变化。

那女孩儿却在变化，逐日地鲜明、安静、茁壮。她已经不那么喜欢跳皮筋儿跳"房子"了。她坐在台阶上，看书，安安静静，看得入迷……经常，她在自己的房间里唱歌、弹琴，仍然是那支歌："当我幼年的时候，母亲教我唱歌，在她慈爱的眼里，隐约闪着泪光……"

"喂！"L在阳台下仰着脸喊她，问她："是'**当**我幼年的时候'，还是'**在**我幼年的时候'？"

"是'当'，"女孩儿从窗里探出头，"是'当我幼年的时候'。你又来打油吗？"

"不。我是跑步，懂吗？长跑。"

"跑多远？"

"从我家到你家。"

"噢真的！一直都跑？"

"当然。是'当我**幼**年的时候'，还是'当我**童**年的时候'？"

"'幼年'。当我幼年的时候，母亲……"少女T很快地再轻声唱一遍。

诗人将永远记得这支歌，从幼年记到老年。

(长篇小说《务虚笔记》)

不过,他更像少年L的地方,是诚实——

"妈妈,"有一天他对母亲说,"我是不是很坏?"

"怎么啦?"母亲在窗外。

L躺在床上,郁郁寡欢,百无聊赖,躺在窗边,一本打开的书扣在胸脯上,闪耀的天空使他睁不开眼。

母亲走近窗边,探进头来:"什么事?"

小小的喉结艰难地滚动了几下:"妈妈,我怎么……"

母亲甩甩手上的水,双臂抱在胸前。

"我怎么成天在想坏事?"

母亲看着他,想一下。母亲身后,初夏的天空中有一只白色的鸟在飞,很高很高。

母亲说:"没关系,那不一定是坏事。"

"你知道我想什么啦?"

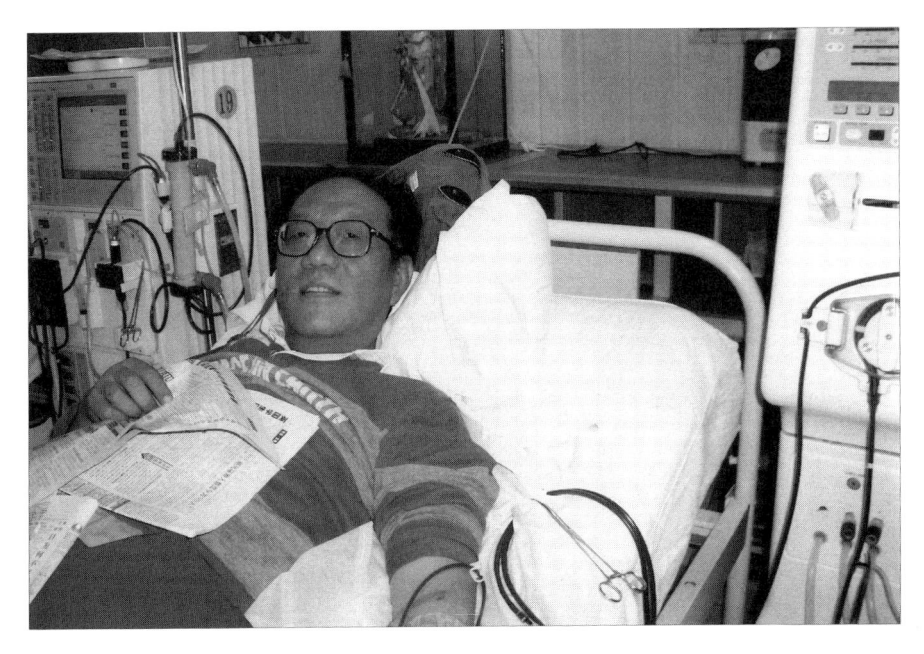

把疾病交给医生，把命运交给上帝，

把快乐和勇气留给自己。

"你这个年龄的男孩子都会有一些想法,只是这个年龄,你不能着急。"

"我很坏吗?"

母亲摇摇头。那只鸟飞得很高,飞得很慢。

"唉,"未来的诗人叹道,"你并不知道我都想的什么。"

"我也许知道。"母亲说,"但那并不见得是坏想法,只是你不能着急。"

"为什么?"

"喔,因为嘛,因为你其实还没有长大。或者说,你虽然已经长大了,但你对这个世界还不了解。这个世界上人很多,这个世界比你看到的要大得多。"

那只鸟一下一下扇着翅膀,好像仅此而已,在巨大的蓝天里几乎不见移动。L不知道,母亲已经在被褥上看见过他刚刚成为男人的痕迹了。(长篇小说《务虚笔记》)

于是,年轻的恋人四处流浪。

心在流浪。

春天,所有的心都在流浪,不管人在何处。

都在挣扎。在河边。在桥上。在烦闷的家里,不知所云的字行间。在寂寞的画廊,画框中的故作优雅。阴云中有隐隐的雷声,或太阳里是无依无靠的寂静。在熙熙攘攘的街头,目光最为迷茫的那一个。

空空洞洞的午后。满怀希望的傍晚。在万家灯火之间脚步匆匆,在星光满天之下翘首四顾。目光洒遍所有的车站,看尽中年人漠然的脸——这帮中年人怎都那样儿?走过一盏盏街灯。数过十二个钟点。踩着自己的影子,影子伸长然后缩短,伸长然后缩短……一家家店铺相继打烊。到哪儿去了呀你?你这个浑蛋!

(你这个冤家——自古的情歌早都这样唱过。)

细雨迷蒙的小街。细雨迷蒙的窗口。细雨迷蒙中的琴声。

直至深夜。

春风从不入睡。

我,或者"我"

一个日趋丰满的女孩。一个正在成形的男子。

精力旺盛,甚或力量凶猛,一天二十四小时都是早晨八九点钟的太阳。

跟警察逗闷子。对父母撒谎。给老师提些没有答案的问题。在街上看人打架,公平地为双方数点。或混迹于球场,道具齐备,地地道道的"足球流氓"。

也把迷路的儿童护送回家,却对那些家长们没好气:"我叫什么?哥们儿这事可归你管?"或搀扶起跌倒在路边的老人,但对其儿女也没好话:"酬劳?那就一百万吧,哥们儿我也算发回财。"

不知道中年人怎都那样儿!

不知道中年人是不是都那样儿?

一群鸽子,雪白,悠扬。一群男孩和女孩疯疯癫癫五光十色。

鸽子在阳光下的楼群里吟咏,徘徊。男孩和女孩在公路上骑车飞跑。

年年如此,天上地下。

太阳地里的老人闭目养神,男孩和女孩的事他了如指掌——除了不知道还要在这太阳底下坐多久，剩下的他都知道。

一个日趋丰满的女孩，一个正在成形的男子——流浪的歌手，抑或流浪的恋人，在瓢泼大雨里依偎伫立，在漫天大雪中相拥无语。

大雨和大雪中的春风，抑或大雨和大雪中的火焰。

老人躲进屋里。老人坐在窗前。老人看得怦然心动，看得嗒然若失：我们过去可是多么规矩，现在的年轻人呀！

曾经的禁区，现在已经没有。

但，真的没有了吗？

亲吻，依偎，抚慰，阳光下由衷的袒露，月光中油然地嘶喊，一次又一次，呻吟和颤抖，鲁莽与温存，心荡神驰但终至束手无策……

肉体已无禁区。但禁果也已不在那里。

倘禁果已因自由而失——"我拿什么献给你，我的爱人？"

春风强劲，春风无所不至，但肉体是一条边

界——你还能走进哪里?肉体是一条边界,因而,一次次心荡神驰,一次次束手无策。一次又一次,那一条边界更其昭彰。

无奈的春天,肉体是一条边界,你我是两座囚笼。

倘禁果已被肉体保释——"我拿什么献给你,我的爱人?"

所有的词汇都已苍白。所有的动作都已枯槁。所有的进入,无不进入荒茫。

一个日趋丰满的女孩,一个正在成形的男子,互相近在眼前,但是:你在哪里?

你在哪里呀——

群山响遍回声。

群山响彻疯狂的摇滚,春风中遍布沙哑的歌喉。(散文《比如摇滚与写作》)

我觉得,这样的歌,自我落生之日始就开始唱了。唱过了童年,唱过了少年和青年,甚至唱过了中年,一直唱到今天我才发现它。一直唱到要离开它时这才看见它。或者说，也只有到了这样的时候才能看见它。因此我对"脱离六道轮回"一直都不是很有兴趣。

如果消灭了欲望，也就消灭了创造，也就消灭了一切，还谈什么信仰？人的一切善恶美丑、喜怒哀乐、爱恨情仇以及种种信仰，莫不是基于这个叫作"欲望"的东西。就好比没有了戏剧，还谈什么角色和演员？没有了音乐，还谈什么音符和节奏？就算这"欲望"自以为是，欲壑难填，胡作非为终致这颗星球毁于一旦，但它绝毁灭不了"空"。而空极必反，必使"有"重整旗鼓，卷土重来……末法寂去日，万法如来时！

说真的，我不大能记住种种宗教的来龙去脉，我的信仰仅仅是我的信仰。就像我也不大记得住——书写的，或公认的——历史细节，我只是记得我的心愿，或史铁生所走过的路途。所以，我信什么，仅仅是因为什么让我信，至于哪门哪派实在只是增加我的糊涂。

终于有一天奶奶领我走下台阶，走向小街的东端。我一直猜想那儿就是地的尽头，世界将在那儿陷落、消失——因为太阳从那儿爬上来的时候，它的背后好像什么也没有。谁料，那儿更像是一个喧闹的世界的开端。那儿交叉着另一条小街，街上有酒馆，有杂货铺，有油坊、粮店和小吃摊……还有从城外走来的骆驼队。"什么呀，奶奶？""啊，骆驼。""干吗呢，它们？""驮煤。""驮到哪儿去呀？""驮进城里。"驼铃一路丁零当啷、丁零当啷地响，骆驼的大脚蹚起尘土，昂首挺胸目空一切，七八头骆驼不紧不慢招摇过市，行人和车马都给它们让路。我望着骆驼来的方向问："那儿是哪儿？"奶奶说："再往北就出城啦。""出城了是哪儿呀？""是城外。""城外都有什么呀？""行了，别问啦！"我很想去看看城外，可奶奶领我朝另一个方向走。我说"不，我想去城外"，我说"奶奶我想去城外看看"，我不走了，蹲在地上不起来。奶奶拉起我往前走，我就哭。"带你去个更好玩儿的地方不好吗？那儿有好些小朋友……"我不听，一路哭。

越走越有些荒疏了，房屋凌乱，住户也渐渐稀少。沿一道灰色的砖墙走了好一会儿，进了一个大门。啊，大门里豁然开朗，完全是另一番景象：大片大片寂静的树林，碎石小路蜿蜒其间；满地的败叶在风中滚动，踩上去吱吱作响；麻雀和灰喜鹊在林中草地上蹦蹦跳跳，坦然觅食……我止住哭声。我平生第一次看见了教堂，细密如烟的树林后面，夕阳正染红了它的尖顶。

我跟着奶奶进了一座拱门，穿过长廊，走进一间宽大的房子。那儿有很多孩子，他们坐在高大的桌子后面只能露出脸。他们在唱歌。一个穿长袍的大胡子老头儿按响风琴，琴声飘荡，满屋子里的阳光好像也随之飞扬起来。奶奶拉着我退出去，退到门口。唱歌的孩子里面有我的堂兄，他看见了我们但不走过来，唯努力地唱歌。那样的琴声和歌声我从未听过，宁静又欢欣，一排排古旧的桌椅、沉暗的墙壁、高阔的屋顶也好像都活泼起来，与窗外的晴空和树林连成一气。那一刻的感受我终生难忘，仿佛有一股温柔又强劲的风吹透了我的身体，一下子钻进我的心中。后来奶奶常对别人说："琴声一响，这孩子就傻了似的不哭也不闹了。"我多么羡慕我的堂兄，羡慕所有那些孩子，羡慕那一刻的光线与声音，有形与无形。我呆呆地站着，徒然地睁大眼睛，其实不能听也不能看了，有个懵懂的东西第一次被惊动了——那也许就是灵魂吧。后来的事都记不大清了，好像那个大胡子老头儿走过来摸了摸我的头，然后光线就暗下去，屋子里的孩子都没有了，再后来我和奶奶又走在那片树林里了，还有我的堂兄。堂兄把一个纸袋撕开，掏出一个彩蛋和几颗糖果，说是幼儿园给的节日礼物。

这时候，晚祷的钟声敲响了——唔，就是这声音，就是它！这就是我曾听到过的那种缥缥缈缈响在天空里的声音啊！

"它在哪儿呀，奶奶？"

"什么，你说什么？"

"这声音啊，奶奶，这声音我听见过。"

"钟声吗？啊，就在那钟楼的尖顶下面。"

这时我才知道，我一来到世上就听到的那种声音就是这教堂的钟声，就是从那尖顶下发出的。暮色浓重了，钟楼的尖顶上已经没有了阳光。风过树林，带走了麻雀和灰喜鹊的欢叫。钟声沉稳、悠扬、飘飘荡荡，连接起晚霞与初月，扩展到天的深处或地的尽头……（散文《消逝的钟声》）

是呀，不单是观者必在，而且是欲者必在，行者必在，思者必在，信者必在……总之是"三生万物"，总之是动静无穷。这一场热情奔放并危机四伏的人间戏剧，不过是那"无限之在"或"无穷之动"间的一组配器。而每一种乐器都有自己的一套乐谱，每一个演奏者都有自己一生的心事，每一瞬间都有无限的可叙述性，所以我常猜想——

> 我们是相互独立的
> 　　一个个宇宙
> 我们出自被分裂的
> 　　同一个神
> 　　　　（诗歌《不实之真》）

附：我在哪儿

那么，我在哪儿呢？我——在——哪儿？这问题绝不简单。

我在宇宙中？这话等于没说，或不过是"我在"的同义反复。因为，若非我在，这问题根本就不会被提出。

或者，我在地球上？还是等于什么也没说。因为，迄今所知，类似的问题非地球人莫属。

那么，我在北京吗？哦，北京大了去啦，无论谁，穷其一生也只能是居其几点、行其几线罢了。就算你真能用脚印把北京铺满，北京也还是无限地大于你。北京绝不止于一处地域，不止于被书写的种种历史，北京有着数不尽的记忆和欲望，有着不断消逝又不断生长着的心情，而每一种心情又都有着无穷的牵系。所以，"我在北京"也还是什么都没说。

然而,"我在哪儿"这问题绝不是个假问题。

那就再缩小些:我在北京市东城区。再缩小些:我在东城区北新桥大街,我在北新桥大街前永康胡同,我在前永康胡同40号,我在40号东南角的老海棠树下,我在那树下的一辆轮椅上,我在那轮椅上的史铁生中。

(让人想起一首歌:"遥远的夜空,有一个弯弯的月亮。弯弯的月亮下面,是那弯弯的小桥。小桥的旁边,有一条弯弯的小船。弯弯的小船悠悠,是那童年的阿娇。")

所以最终的回答是:我在史铁生。

这话听着别扭。而且,怎么听起来就像是说:史铁生者,一间牢笼是也,而我被囚其中?(阿娇也是。)

不是就像,而是确凿,史铁生确凿就是一间牢笼。双腿报废之前倒还更像是一辆囚车,而后呢,索性只剩下一个干巴巴的主题:牢笼。

不过你完全可以这样想:艺术既然是"源于生活,高于生活",人既然可以"诗意地栖居",我为啥不能是居于史铁生又超乎于史铁生呢？还有句古话，"乘物以游心"，怎么讲？在我想，意思就好比是说：史铁生嘛，不过一具偶然所乘之器物，而游心一事非我莫属。所以又要谈到"超越自我"，"超越自我"就是说你完全可以弃车而游！无论是车子报废了，还是存心弃之于路边，你都可以继续你的心游——靠想象力你甚至可以走进另维时空、另类天体、另种生命状态，沉溺于种种虚拟生活，参与进某些莫须有的人和事……

问题之妙在于：这样的时候，我，又是在哪儿呢？

按一位印第安巫师的说法，世界本不具有客观意义，而不过是你依据某种可能的方式——比如理性——所得的一系列感受，而感受世界的途径不一而足，理性仅仅是其中相当狭窄的一种。

这样来看，我其实是在一缕独立、自恰且不断更新着的消息之中！确切说，是这样一缕消息造就了我。简单说，我即是这样一缕消息！

但，怎么好像还是啥也没说呢？单是换了个主语——"我"换成了"一缕动态的消息"，如此岂不还是得问:这一缕消息又是在哪儿呢?

唔,这一缕消息是在无数缕这样的消息之中!或者说,是缠绕于、浸淫于或者连通在——无数缕千差万别,但同样是独立、自恰且不断更新着的消息之中。这样说吧,在一缕尘世之名为"史铁生"而根本之名为"我"的消息中,包含着一个亘古不变的消息:这世间同时存在着无数缕独立、自恰且不断更新着的消息,他们各具其尘世之名,但统统自称为"我"。而在无数缕自称为"我"的消息中,跟尘世之名为"史铁生"的那缕消息一样,也都包含着那一个亘古不变的消息。因此也可以这样说:每一个"我"都包含在所有的"我"中,而所有的"我"也都包含在每一个"我"中。

是呀,这才是我或"我"的真实处境。这才叫作"存在"。也才是"生即是苦,苦即是生"的根本缘由,即人间的一切艰难困苦莫不由此引出。

这一缕消息的独立、更新和变化,都不难理解,但何言**自恰**呢?这一缕消息,既然是缠绕于、浸淫于或连通在无数这样的消息中,何言自恰呢?

我，或者"我"

就因为我只能是我，我永远不可能是你或他。我只能是以我的角度看世界，尽管狭隘，我也无法摆脱开我的角度。就连我试图站在你或他的角度——这件事，也依然是拘于我的角度而有的移情。因而我必须、也必然是自恰的——这事由不得你，由不得他，当然也由不得我。

无论有多少个"我"的消息传来和侵入，无论有多少个"我"的消息包含着多少个"我"的消息传来和侵入，最终总归要在我这儿——被观察，被移情，被猜想，被理解和误解之后——变成为"你"或"他"的消息。

所以我常自窃想，一旦我脱离此世，不管到了哪儿，若被问及我前生何在，最靠谱的回答就还是：我在史铁生。

我在史铁生——这句话既指出了我的自由，也暗示了我的限制。自由者，我既可以超越史铁生，更可以有朝一日脱离开史铁生。限制呢，是说我偶然地拘于史铁生，但绝对或永恒地拘于我。——即便千轮万回你做了神仙，做了圣人、智者，也看不出这事儿会有什么大的改变。

3. 我与史铁生（附一篇）

我与史铁生，言下之意：我是我，史铁生是史铁生。——这样的逻辑让我由衷地轻松、快慰。是嘛，凭什么我一定得是，甚至永远都得是史铁生呢？虽然在某种程度上我尊重他，但若让我总就是他则令人沮丧。

对于"我是史铁生"这一狭隘的陈述，我曾认可，继之狐疑，时至今日却相信：我由来已久，我永在不熄；比如说我曾在那丁（一），现居此史（铁生），而未来的住所尚无定局——就像"量子"，其生成在所难免，但具体是于何时何地，则非生成之后而不可确知。故先哲有言："人是被抛到这个世界上来的。"言外之意我们来得蹊跷，在得偶然，但又注定是无可逃脱，甚至死也难逃——这我已在《论死的不可能性》中给出了证明。

我,或者"我"

尼采的"永恒复返",意思是说:我们将不得不一次次来到世上,以一具偶然之躯所限定的角度,来观与行,来思与问,以及来歌与舞。这很像我写过的那群徘徊于楼峰厦谷间的鸽子。

鸽魂的每一次转世都是不容分说,就好比履行一项霸王条款——你来了,你才知道你来了;你到了哪儿,你才知道这是哪儿;你哭着喊着不肯接受,而后才看出没理可讲。事实上,任何事物的发端都是"有生于空",没理可讲的。而后才谈得上理。从这个意义上说,应该是:我在故我思。麻烦的是,懂了些理,却回过头来质问在——你凭啥让我在?以及为啥是在此,而非在彼?有这类情绪的人应该了解一点量子力学,学一学佛法,或读一读《创世记》。

虽说是"太阳底下本无新事",但比如同一首曲目,却可因为演奏家的个性差异,而有不同的诠释。戏剧也是一样,导演或演员的水平不一,也能把同一出戏剧演绎得判若天壤。我想,这并不与"永恒复返"相违背,这恰恰符合了尼采的"超人"说。所谓超人,并非是指一种特殊的人,或一种酷似人形的神,而是指人类所独有的一种能力——在"永恒复返"的舞台上,在"太阳底下本无新事"的剧情中,使想象力永葆鲜活充沛,让心魂自由拓展,超越一切既往的阻碍与束缚。这也便是上帝为我们安排下一条永恒之路的意图吧。

但是数不胜数的前世与今生相互缠绕,回想起来却很难泾渭分明。好在混淆、错位、重叠……皆可视为遗传中的变异;据说变异乃遗传设计中最为精妙的一笔,否则一曲赞歌世代相传、一丝不苟,生命岂不太过枯燥?所以,各位若在后面的叙述中发现此类问题,请不必纠正;变异,或"创造性误解",亦属在之一种,正如理想、梦想甚至猜想,也都是一种现实。

当然也可以纠正,纠正将诞生您自己的作品,或您自己的路途。就这一点而言,戏剧和生活真是难分彼此。只可惜,人们更习惯用现实的眼睛去看戏剧,很少以戏剧的角度来想现实。

要是您忙了一白天,晚上去看戏,戏散了您先别走,我告诉您一个迷人的去处:后台。我们——我和您,设想自己还原成两个孩子,两个给个棒槌就认真(纫针)的孩子,溜进后台。两个孩子本想向孙悟空表达一腔敬意,想劝唐僧以后再别那么刚愎自用,想安慰一下牛郎和织女,再瞅机会朝王母娘娘脸上啐口唾沫。可两个孩子忽然发现,卸了妆的他们原来都是同事,一个个"好人"卸了妆还是好人,一个个"坏蛋"卸了妆也是好人,一个个"神仙"和"凡人"到了后台原来都是一样,他们打打闹闹互相开着玩笑,他们平平等等一同切磋技艺。"孙悟空"问"猪八戒"和"白骨精"打算到哪儿去度蜜月?于是"唐僧"和"王母娘娘"都抱怨市场上买不到像样的礼品。这时候两个孩子除了惊讶,势必会有些说不清的感动一直留到未来的一生中去。(散文《游戏·平等·墓地》)

戏剧多在夜晚出演,这事值得玩味。只为凑观众的闲暇吗?莫如说是"陌生化",开宗明义的"间离":请先寄存起白昼的娇宠或昏迷,进入这夜晚的清醒与诚实吧，进入一向被冷落的另种思绪——

>   但你要听，以孩子的惊奇
>   或老人一样的从命
>   以放弃的心情
>   从夕光听到夜静。
>   在另外的地方
>   以不合要求的姿势
>   听星光全是灯火，遍野行魂
>   白昼的昏迷在黑夜哭醒。
>
>   （诗歌《另外的地方》）

尤其千百年前，人坐在露天剧场，四周寂暗围拢、头顶星光照耀，心复童真，便容易看清那现实边缘亮起的神光，抑或鬼魅。燠热悄然散去，软风抚摸肌肤，至燥气全无时，人已随那荒歌梦语忘情于天地之间……可以相信，其时上演的绝不止台上的一出戏，千万种台下的思绪其实都已出场，条条心流扶摇漫展，交叠穿缠，连接起相距万里的故土

乡情，连接起时差千年的前世今生，抑或早已是魂赴乌有之域……（杂文《诚实与善思》）

不过这一回，我只想说说我在史铁生的经历。

说到经历，我建议，暂且放弃"自传"或"回忆录"的种种完全写实的陋习。因为只要写，就不可能完全实；只要"回忆"，就难免"随想"，而这些"想"，当时还未发生。比如吧，您说您是北京人，可北京大了去啦，您哪儿都到过吗？有些事，恐怕您还不如某一外地人知道得全面。又比如，您说您亲历了某一事件，但那事件的诸多细节与缘由您都了解吗？有些事，恐怕您永远都被蒙在鼓里。再比如，您自信是某一场运动的发起者，但追根溯源说不定您就会发现，您不过是被某一场运动所发起的。

所以我对历史从不大信任。历史赖于记述，或者说丰繁的历史赖于狭隘的记述。就算记述得准确，也只能说它在某一点或某一线上不曾偏离实际。可不曾**偏离**却不等于不曾**偏废**，记述者只可能在某一局部、某一瞬间以某一种心情来尊重可见的史实，但任一瞬间都有遍布天下的无数只蝴蝶在扇动其花里胡哨的翅膀，每一只都与很多只有约，很多只也都对每一只多情，合成一气请问历史何缘何故？所以古人以一个"易"字给出总结。正所谓"一中有多，多中有一"，以致全局从不具稳定性，那又凭什么要我们对某一记述稳定地接受上几千年呢？

我总有个恶作剧式的念头挥之不去：倘若考古学家挖出的一个类人头骨竟属特例，比如是畸形或怪胎，又怎么说？不久前电视上讲到一个女孩儿，长到十岁就不再长，身体比例和各项功能均与常人无二，唯每一部分都是常人的1/X。设若考古学家挖到的恰是这样一具类人遗骨，他们会不会兴奋地宣布又发现了一系人类的远亲？

故本文无意提供任何确凿的历史，只想说说我在史铁生的所见所闻、所思所想，而且难免不是全部。就历史而言，每个人都是特例，数不清的心流已被时光消磨殆尽，或仍将被历史埋没得无影无踪。至于每一局部都携带了全息，则只具理论性意义。

我，或者"我"

对我来说，史铁生就像是一辆车，或者别的什么运载工具，都可以。正常情况下，这"车"是靠两腿直立行走，失常后——比如说截瘫了，倒似返璞归真，更像是一辆车了：轮椅。目前我坐的是一辆电动轮椅，不料狗却认为它怪，见了我们总要绕着圈儿地喊，眼睛里流露着迷茫。据说狗的智力相当于四五岁的孩子。四五岁的孩子见了我和我的轮椅，无一例外地都要问："妈妈，它怎么自己会走呀？"孩子和狗的智力，都还不足以把它总结为一辆车，看它仍不过是一把椅子；椅子自己会走，岂非咄咄怪事？就像很多人都看不出，史铁生实在也就是一辆车。因而我吓坏了狗，又惊着了孩子，应该说这责任不在我，是史铁生对不住他们；尤其对不住狗，孩子终会从妈妈那儿获知真相，狗的目光却终陷冤屈——妈妈也弄不清到底是出了什么事。

我搭乘"史铁生之车"，已历六十寒暑。车呢，自始至终行驶在一条路上，从未出轨。从未出轨的原因，是他不可能出轨。不可能出轨的原因在于，他走到哪儿，哪儿便是轨了。早年在地坛里消磨时光，曾遇两位老者，一人一句、对对子似的给我算过一命，上句是"虽万难君未死也"，下句是"唯一路尔可行之"。多年以后我才纳过闷儿来，这两句话是怎么都不会错的：你活着，你算命；你走着，就必然是在一条路上。

"史铁生之车"在一条量子般的轨道上行驶，每个"下一秒钟"都可能是急转弯，但也可能就这么日出日落地走上多年，就好比那只"薛定谔之猫"的生与死。

看着路两边的风光，感受着车厢的晃动，听着城市的喧嚣和旷野上的寂静……我总觉着，在无比深远或其实是非常切近的地方，正如伟大的吴尔夫所说，是一片"令人着迷的混沌状态"，是"乱作一团的情感纷扰"，是"永无休止的奇迹——因为灵魂每时每刻都在产生着奇迹"。那位智慧的女人要我们守住这奇迹，"守住自己这热气腾腾、变幻莫测的心灵旋涡"，而同样智慧的另一个女人——我的母亲，则从来都看我是个多梦的孩子。

顺便说一下：前不久读到一篇文章，题为"可怕的是精神出轨"，这与我的想法大相径庭。精神并不是那

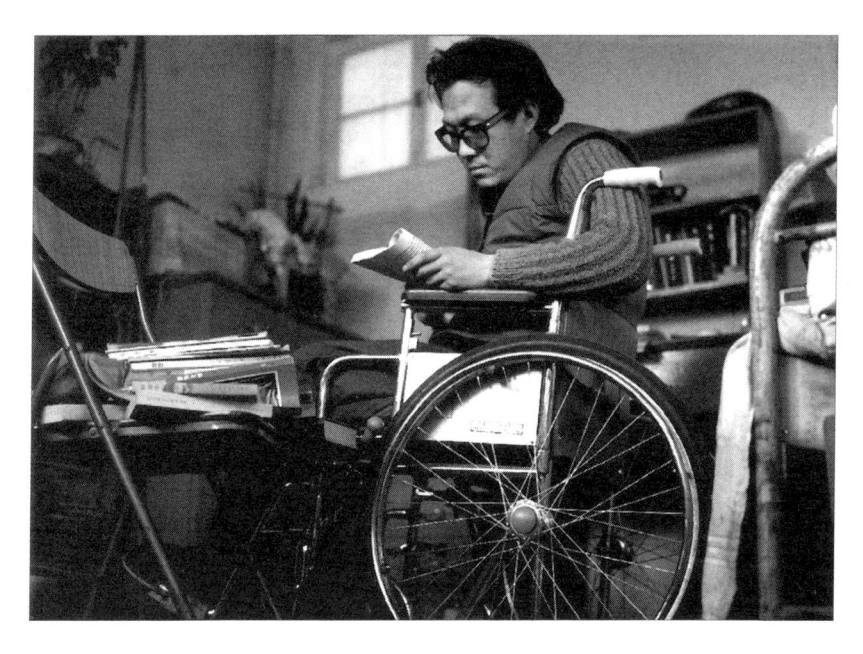

这五十七年我都干了些什么?

——扶轮问路,扶轮问路啊!

我,或者"我"

辆"车",莫如说精神比那辆"车"更贴近"我"。精神是难免要出轨的,精神的出轨是人类的幸事,甚或殊荣,否则我们倒像是受控于一种翻来覆去的程序了。精神,甚至可以同时在多条路径上摸索,忽而天,忽而地,不拘一格。可以说,精神正是由不断地出轨所成就的。

"史铁生之车"时而会停靠在一个小站,我便隔了车窗,与些萍水相逢的人说些有味儿和没味儿的话,并从此猜想他们的以往与未来。也会有几个不期而遇的家伙,从此在我的视野中时隐时现,或就在近旁,搅动起我的千般思绪、万种梦想……

但是,就在我的近旁并不等于说不与史铁生相距千里,不与他水阻山隔,甚或阴阳两界。怎么讲?这意思我在《我的丁一之旅》中说起过。比如思念,可以瞬间把我带到千里万里之外;比如猜想,可以送我出生入死,去那无中生有之域看望故友与新交;比如羡慕,常令我神不守舍,恍恍惚惚竟似那块"假宝玉"梦游太虚幻境一般;又比如苦闷,甚至让我屡屡有过越狱出监的冲动……这时候你看那史铁生吧,却依旧坐在他的轮椅上形同蜡像,貌似坚强,与我划清界限。

但母亲说我"多梦",主要是指白日梦,也可以叫胡思乱想。

就说被史铁生吓坏了的那只狗吧,我盯着它的眼睛看,毫不怀疑那里面也居住着如我一样的灵魂。甚至,那灵魂未必就比我更简陋,只不过它的"车"不行。好比说吧,它其实也会哭,也会笑,唯其"狗形之车"的表情选项太少,给不出多样的表达。甚或其实它也在说话,各种感想,可为什么表现出来的却通常是喊呢?我猜它的语言系统早已删繁就简,比禅宗一派更加地不信任言说,以免跟人似的培养出许多花花肠子。(《伊索寓言》中,有对舌头的极其精彩的论述。)

人狗之别,可以比作两个一样聪明的人,但你的电脑相当尖端,我的电脑比较初步。因而你"喊里喀喳"就设计出了飞机、坦克,我呢,"稀里哗啦"结果只画出一具铧犁或一驾马车。

可是!可是你们那些飞机呀,火箭呀,外交、金融、高科技呀,到底啥意思?就为把人搞得更忙、更累、更不安全?就为了搞出更多的尔虞我诈和抑郁症来?我甚至怀疑:狗,早已走过了人的荒唐路,而后看那灯红酒绿实属空虚无聊,听那炮火连天纯系执迷不悟,这才放弃荣华,杜绝诡诈,做一种最为诚实的动物去了。

对此,那史坚决不信,坐在轮椅上叹气连连,笑我想入非非。想入非非,这我承认。我的特点就是想入非非。但想入非非可有什么不好吗?

比狗的道行还深的,比如说是一只喜鹊。有一年我跟一群作家在某星级酒店开会,那酒店厅廊四合有如一座庭院,中央一池碧水,水上一座小岛。我本在餐厅里吃饭,被一拨拨劝酒的人搞得面部痉挛,便走到厅廊里来透透气儿。隔着玻璃幕墙,见那池心小岛上有只喜鹊独自优哉游哉地蹦跶,时而跳上树枝,时而钻入花丛,时而环顾四周,时而闭目养神……我敲敲玻璃,它睁眼看看,我再敲敲玻璃,它干脆掉转身去。我不想再回餐厅了,坐在那儿一连抽了三棵烟,谁想那喜鹊竟也一直在那小岛上流连不去,望望天,望望地,再看看我,若思若想,甚或竟是笑我痴愚吧……我开始怀疑它仅仅是一只喜鹊了。我开始怀疑人们对鸟类智力的偏见了。我开始怀疑人一定就比其他动物更聪慧了。我开始猜测,仙鹤是一位寂寞的舞者,老虎是一条独行的好汉,天鹅是一群传布爱愿的圣徒……它们都不善言辞,莫非都已懂得了沉默是金?比如说三毛的那句名言:"爱如禅,不能说,一说就错。"我开始猜测,它们已入"无我"或"大我"之境,故不让姓名把整体切碎——它们从来就叫仙鹤,就叫老虎,就叫天鹅……不分彼此,莫论你我。就像我写过的那群鸽子,永远都是以鸽子的名义在天地间盘桓,永远都是以其艰难的路途、卓绝的寻觅和对团聚的渴盼,在一座座神魂颠倒的城市里传达着生命本真的消息。我甚至猜测它们已然超越了时间,因为它们确认了一条命定的恒途——在祖祖辈辈、无尽无休的迁徙中,没有什么成就可以作为路标,唯美丽地飞翔是其投奔。

人却忘记了自己的天赋之名,被形形色色的国名、族姓乃至个人符号所分割,为区区小我奋斗不止,从而难免"人生苦短"的叹息。即便是"人生在世须尽欢,莫使金樽空对月"般的洒脱,也依然显露出哀怜与苦涩。

如果你以人类的整体之名活着,你还怕什么死呢?你见过人死,你见过人类死吗?你见过生命之无吗?你被一个偶然的尘世之名给绑架了!否则你应该记得"去年在马里昂巴",应该记得是如何地一路走出非洲,应该具备舞者的心境、好汉的性格、圣徒的使命和那鸽群的渴盼……又何苦谈死而色变!

离开那只喜鹊,我想:急于去做那只逍遥的喜鹊,或仍是人的一种贪欲。离开那家饭店,我想:那只喜鹊,果真那般智慧的话,就一定是任劳任怨地走过了这人间的种种荒唐路。如今,在即将离开这个世界的时候,我想:地藏菩萨才真是伟大,他明明可以脱离"六道轮回"了,却还是要回到这苦难的人间,发愿"地狱不空誓不成佛"。

而我等的来与再来,皆因前缘未了,急什么急!

在以时间为坐标的路途上行驶，任何车，都不可能不是往前开的。但这并不意味着，"史铁生之车"已被拘于一条线性的——如多米诺骨牌般的——路上了。事实上这辆"车"耳闻目睹、四通八达，种种消息随时都在袭来，令人应接不暇——广播、电视、报纸和书刊，以及流言飞语、道听途说，再加上你自己的奇思怪想、捕风捉影、无事生非……所有这些东西或在近旁向你取媚邀宠，或在远不可及的地方神秘地纺织，说不定什么时候就会让你哭，让你笑，让你郁闷，让你躲进一个角落谁也不想见，但也说不定哪一幅图景或怎样一种梦境又会让你如醉如痴、感慨万端、思绪翩跹，让你忽然就满怀激情地奔赴远方……

但不管怎样，不管多么四通八达，你仍然是在**一条**路上。很多消息都不过是耳旁风，很多风景都是过眼烟云，很多人和很多事都是稍纵即逝、永劫不复。但是你必须要知道，有一群六十几亿之多的同类分布于同一球面，有一个无穷无尽的世界围拢在你身边，你逃不出去。只有一条走过之后才能确定其在的路，要你去走，你不走也还是在走……

我,或者"我"

时间的不可超越,依我看,并非仅仅是说光速的不可逾越,更可能是指命运的不可更改。在许多科幻作品中,人驾驶着超光速飞船回到了过去,并试图改造过去,我想这是不可能的。所以不可能,并不仅仅在于"你可能会杀死你未婚的爷爷"这一类具体的悖谬,更在于:现在参与过去之逻辑上的不可能。假定真有那样的运载工具,我们也只可能从旁看看过去,就好像坐在黑压压的观众席中看一场已然拍摄完毕的电影,却绝不可能走进那电影,更甭说参与其中了。对于过去,我们可以看着它笑,看着它哭,在一旁惊叹或嘲讽,却再不可能改变其丝毫。就像人们常说的,电影是一门遗憾的艺术,而过去恰是一种充满遗憾的现实。为什么呢?就因为"时间"是由"意义"造就的,"过去"是被"往事"选定并占有的,倘若能够再参与,就又成了现在,即以一种新的意义选定并占有了目前这新的时间。

其实,前述悖谬说的也是这个意思:你那位不曾被谋杀的爷爷,以其不曾被谋杀和随后生养了你的父亲等等一系列不可更改的历史,早已选定并占有了那段时间。如果你能够杀死他,你就得同时能够改变随后的**一切**历史。为什么是"随后的**一切**历史"呢?因为就算你爷爷不是拿破仑,不是希特勒,也不是牛顿和爱因斯坦,但他注定是一只鲜活的蝴蝶——任何人都注定是这样一只蝴蝶,蝴蝶悠然地扇动翅膀,谁知道他在"随后的历史"中都引发过什么呢?——当然,这得请你自己去考查。如果查都查不清楚,那我跟你说吧:你改变个屁!

因而,克隆是从一开始就已经作废的游戏。你说你要克隆谁吧。只要你克隆,你就得知道他——你的样本——是谁,可不管他是谁,他当然都有他的历史,而他的历史必然与所有的历史相关,于是你就得克隆出纵横几万里、上下数千年,而且分分秒秒都在发生着无数事端的一切。可你是上帝吗?所以你拉倒吧!

历史是一张多维之网,每个人都是这网上的一个结,而每一个人或每一个网结,都以其特定的角度来观察这张网、参与这张网——

我,或者"我"

> 从而我们走进这
> 　　相互交叠的宇宙
> 继而仰望那
> 　　万法归一的神
> 　　　　（诗歌《不实之真》）

我说过我不大信任历史，那是指人写的历史，不是我们从中走来的那些历史，或前人不谋而合给我们留下的那一团乱麻。我敬畏后一种历史，它把千丝万缕的断线兜头盖脸地甩过来，要我们接着编织。

但这条条网线是怎样搭建的呢？或是说，我们这一个个网结是靠什么连接起来而成为一张网的呢？各种各样的消息吗？还是无处不在的时空？都对。但归根结蒂，我想了很久，是意义！是意义把我们连接起来的，连接成可歌可泣的历史和荒诞不经的历史，连接成满怀希望的未来或望而生畏的未来。不然的话，消息只促成族群的繁衍，时间则不被察觉。

比如说"现在"是多久？一分钟，一秒钟，还是更长或者更短?我想来想去,什么现在呀,当下呀,瞬间呀,刹那呀……都没有固定的长短,所有这类时间概念都不过是说:构成一种意义所需要的最短过程。

据说,爱因斯坦的狭义相对论已然"摒弃了绝对时间概念,取而代之的是每一位观察者所特有的时空概念,以至于宇宙空间内'现在'的概念再也没有任何意义"。但"现在"对于人——对于每一位观察者——却是有意义的,或其实,恰是意义造就了现在、过去和未来,从而造就了时间。

……人在一条永恒行进的路途上,意义是其坐标;设若没有这样的坐标,你说"当下"是多久?(书信《理想的危险》)

是意义创造了时间。对于不求意义的物种,本无所谓时间,无所谓现在也无所谓将来,当然也就无所谓历史。没有历史,那才真叫"万法皆空"呢,否则我们还是难免于责任和压力。可"万法皆空"仍然是一种意见,仍逃不脱是一条连接起历史的网线。——有人说是诡辩，也有人觉其意蕴深厚，我属后者。但不管是什么吧，说有说无，说空说在，它都悄然抑或张扬地编织进了那一张**多维**的历史之网。

何谓"多维"？你这样想：你为什么不能克隆出一个具体的人呢？因为，任何具体的人以及具体的事，都必牵牵连连以至于无边无际。理论可以抽象，生活却总是具体。一旦具体，必陷多维——谁能立于一个抽象的点呢？谁能抓住一条不占有空间的线呢？谁能居于一处脱离开时间的空间呢？以及，谁能够享用一期无论多久但毫无意义的时间呢？

理论崇尚简单、明了，生活却命定地进入复杂。也只有在这个意义上，我同意"文学源于生活"不算一句废话。

我这个数学的门外汉，斗胆对哥德尔的"不完备性定理"作如下理解：任何一种认知系统都注定是不完备的，即一切人为的理论，都难于自我指证。比如法律这一人定的规则，其合法性根据终不能是出于人自身。比如洞穴中的观察（柏拉图的意思）、"内部透视"或"人性投射"（尼采的说法），皆必"只因身在此山中"而注定是"不识庐山真面目"。为什么呢？一切有限之在，必因无限的衬比，而显露其自身的不完备。而无限呢，又因其自身的无边无际、无始无终，而永无完备可言。（杂文《门外有问》）

这样一张大网——历史的大网，存在的大网，我的意思是说：你休想逃脱它！你来了你就逃不脱，不管你闹什么情绪。你没来你自然就什么都不闹，当然也就什么都不说。所以，你只有以什么都不闹并什么都不说，来表明或实现你的"万法皆空"。——可这已然又是一种说了，虽然不闹。（那个家喻户晓的石猴，有个意味深长的法名：悟空。因为他很闹吗?）

"万法皆空"也就是"万法归一"，我以为是说这世界的本源，而这个世界的现实却是"一生二，二生三，三生万物"。二者的位置一旦颠倒，咱们大家——至少暂时——都要回零。

我,或者"我"

对于"永恒复返",《尼采六论》一书中提出了这样的疑问:人都是会死的,永恒对个体生命的拯救不过是一种意愿,而意愿并非事实,甚至也不能算是信仰。"个体通过永恒获得意义,永恒却需要个体去意愿",这便是尼采的困境。再说了,就算生活在复返,可我自己怎么能知道这一点呢?"除非我还记得上一次生活,我就不会意识到自己是在第二次过同样的生活。"如果一次次生活之间并无记忆关联,则每一次都仅仅是这一次,"永恒"岂非自我欺骗?

但是,人有两种独具的能力:记忆和联想。人的记忆又分两种:个体记忆和集体记忆。死亡中断了个体记忆,使生命意义面临危机。但集体记忆——文化或文明的积累——使个体生命经由联想而继承和传扬着意义。因而,从来就不是"个体通过(假想的)永恒获得意义",而是:个体通过真确的意义而获得永恒。(杂文《文明:人类集体记忆》)

附：我，或者"我"

我在我里面想：我是什么？
我是我里面的想。我便
飞出我，一次次飞出在
别人的外面想：他是什么？
这一切正在发生
想它时，它已成为过去。
这一切还将发生
想它时，它便构成现在。
仰望一团死去的星云
亿万年前的葬礼，便在
当下举行。于是我听见
未来的，一次次创生。
一次次创生我里面的想

> 飞出我,创生他外面的问。
> 一九五一年便下起一九五六年的雪
> 往日和未来,都刮着今天的风。
>
> 　　　　　(诗歌《我在》)

　　我生于一九五一年,但对我来说,一九五一年却是在一九五六年才发生的。一九五六年的某一天,日历上的字是绿色的,时间对我来说就始于那个周末;此前,一九五一年是一片空白。一九五六年那个夏日的周末,奶奶告诉我:你就生于那片空白中一个飞雪的黎明。我想象那个黎明,于是一九五六年早春的一场大雪便抹杀了随后的那个星期天——那个盛夏的礼拜日,我眼前一直都下着一九五六年的那场大雪——我不得不靠它去理解、去弥补一九五一年隆冬的那个黎明。

　　然后,一九五八年,我上了小学,从这一年我开始理解了一点儿太阳、月亮和星星的关系。而此前的一九五七年呢,则是在一九六四年的一个雨夜才走进了我的印象,那时我才知道一场反右运动的大致情况,因而一九五七年又下起了一九六四年的雨。

再之后有了公元前，有了石器时代，有了侏罗纪和白垩纪，有了那一次创生宇宙的大爆炸……我听说了，并设想着远古的某些时刻，而其间又混含着对二十一世纪的种种美丽憧憬……

如今我坐在二十一世纪的一台电脑前、一辆轮椅上，回忆着我的设想与憧憬，继续着我的设想和憧憬，远古和未来便在今天交叉，都刮着现在的风。

其实是交叉于我。我，或者"我"，是一切的交叉点——没有什么事比这件事更令人诧异的了。我或者"我"，但说到底是我而不是"我"，是一切的出发点——没有什么事比这件事更令人称奇的了。"我"并不全是我，还有你，和他，是我对你和他所抱有的一种猜度，一种移情，是我的理性的一种展现。我的理性不得不承认，你和他也都有着如我的角度，但我不能确定。我或许有些虚伪——我说我们都是一样的，但我心里并不确定。我的理性说我们是一样的人，可我感到的是你和我永恒的差别——我明明只能是我，而你永远都是你。我不知道你的那个如我的角度，是不是真的跟我一样,或者,其实永远都不一样。这事让我殚精竭虑、抓耳挠腮地想不清楚,更说不清楚,但我心里却很清楚。我清楚我心里清楚什么,也清楚我心里不清楚什么,此外均属猜测、毫无把握。我清楚我已经被我限制在万事万物的一个交叉点上了,此事无可挽回。我清楚,我是我的限制。我永远都不可能突破我,是我所知的这个世界上最不可改变的事。

但是,死却引出了不同的逻辑。我若消失,"我"必也一同消失——死,使我趋同于"我"。然而生生不息,任何一个出生者皆必自称为"我",因之,其中必不可免地就会有一个是我,否则"我"便无从诞生。这样想来,生生不息即是我的生生不息——是"我"的生生不息使我生生不息,反过来,又是我的生生不息使"我"生生不息。

说来说去,我要提醒您的还是那句话:您连生都摆脱不了,又何苦去怕死呢?

但我们并不打算容忍你这一套循环论证,我们要问的是：生生不息的最初之因，是什么？

那我就跟您直说了吧：首先，我不知道。其次，目前还没有人知道。最后，我猜这事永远不会有人知道。但在这三个"不知道"之后，我们都应该不必担心死了，都可以放心大胆于一条无始无终的路了。不过有一点要特别记住：我是我的限制。任何一种可能，都同时是一种限制。

佛祖诞生之时，一手指天，一手指地，说道："天上地下唯我独尊。"在他辽阔的思悟里，这个"唯我独尊"都指的是什么呢？

但作为个体，被抛到这个广袤无边的世界上来，被置于这个纷繁莫测的人群之中，则注定了"我"的孤单。而这孤单的直接后果，是催生了恐惧。

当我与那史一同张望小街东边的朝阳与西边的落日之时，当那钟声把我们引向天之深处或地之尽头的时候，恐惧正在悄然生长。而这恐惧，才真正是生命的开始。正所谓"困苦使人存在"。

我，或者"我"

还记得亚当、夏娃走出伊甸园时的神色吗？正是恐惧。还记得他们赤身裸体、一起眺望人间时的心情吗？惊恐，兼着渴盼。恐惧，必然引导着欲望一同袭来。每一个人的出生，或人的每一次出生，都将重演这一传说，或这样的戏剧，重演"走出伊甸"的一幕。

这一幕对于我与史铁生来说，是在一个日期不详的早晨，我们从黑甜之乡懒懒地一同醒来，先是听见窗外一阵阵鸟儿清脆的啼鸣，继而看见窗棂间一方方灿烂的光影……那史打了个小小的哈欠，蜷缩起身体，享受着童年的安恬，享受着四周的宁静……然后喊奶奶："奶奶，奶奶——"他不可能知道，这一喊将使那无忧无虑的时光永告结束——我们将就此"走出伊甸"，踏上一条山重水复的不归路。

奶奶来了："哟，你醒啦，小人儿？"

奶奶温柔的双手把我举起来："真好，也没尿炕，真是好孩子！"

我听见外屋有很多人在说话。

"哦，昨儿夜里来了好多叔叔，你叔叔的同学。"

同学？噢，应该是些跟叔叔一样的人吧。

"快穿衣裳，穿上你妈刚给你买的那件新衣裳，有小兔子的那件……"

那史兴奋地跳着脚，不断地指指外屋，发出些"咿咿呀呀"只有奶奶才能听懂的声音。

奶奶说："叔叔他们出去玩儿，天晚了，没车了，有几个同学回不了家了，就住咱家了。一会儿你要叫叔叔，所有的人你都要叫叔叔……"

然后奶奶就抱起我去外屋。可是她忘了给我穿裤子啦！

奶奶把我放在外屋的炕上，指着好多人让我叫叔叔。可你没给我穿裤子呀奶奶！这让我甚为焦虑，却又不敢声张。

所有的人——七八个吧——都围过来，跟我说话，摸我的头，捏我的脸……我使劲儿把衣襟往下拉，幸好是件新衣裳，大而且长，勉强遮住了某些应该遮住的东西。

"叫叔叔，叫呀，刚才怎么嘱咐你的？"

我愣愣地看着他们，又看看奶奶。我想跟奶奶说我还没穿裤子哪!可又怕这么一来,倒让人注意到某些不应该注意到的东西。

  我就那么一直傻愣愣地站在炕上,所有人的脸都没看清,所有人的话都没听见,一心只想着没有穿裤子真可谓是一件极不相宜的事情……不过呢,非常偶然地我发现了一个办法:坐下,小心翼翼地坐下,让宽大的衣襟自然而然地包住某些应该包住的东西——就像女人们对待裙子那样……当然了,那时他还不知道,女人们处心积虑地是想包住什么。

4．恐惧

> 但我害怕我的幼儿园，害怕
> 一个骨瘦如柴的孩子。一个
> 骨瘦如柴的孩子给所有的孩子
> 排座次；一个骨瘦如柴的孩子
> 让所有的孩子卑躬屈膝……
>
> 　　　　　（诗歌《回家的路》）

　　五岁或六岁时，为了给上小学做准备，母亲送我进了一家私立幼儿园。

　　母亲带我去报名时天色已晚，幼儿园的大门已闭。母亲敲门时，我从门缝朝里望：一个安静的院子，某一处屋檐下放着两只崭新的木马。两只木马令我心花怒放。母亲问我："想不想来？"我坚定地点头。开门的是个老太太，她把我们引进一间小屋，小屋里还有一个老太太正在做晚饭。小屋里除两张床之外只放得下一张桌子和一个火炉。母亲让我管胖些并且戴眼镜的那个叫孙老师，管另一个瘦些的叫苏老师。

接待我们的明明是两个老太太，可回到家，母亲却跟奶奶说："那家幼儿园是两个老姑娘办的。"这事让我疑惑了很久……为什么单要把那两个老太太叫老姑娘。我问母亲："奶奶为什么不是老姑娘？"母亲说："没结过婚的女人才是老姑娘，奶奶结过婚。"可我心里并不接受这样的解释。结婚嘛，不过发几块糖给众人吃吃，就能有什么特别的作用？在我想来，女人年轻时都是姑娘，老了就都是老太太，怎么会有"老姑娘"这不伦不类的称呼？我又问母亲："你给大伙买过糖了吗？"母亲说："为什么我要给大伙买糖？""那你结过婚吗？"母亲大笑，揪揪我的耳朵："我没结过婚就敢有你了吗？"我越糊涂了，怎么又扯上我了呢？（散文

《我的幼儿园》）

（提示：对俩老姑娘历史的猜想，可在想象中联系到后边的某革命者——因同果异。否则上两节可删。）

但这幼儿园远不如我的期待。四间北屋甚至还住着一户人家，是房东。南屋空着。只东、西两面是教室，教室里除去一块黑板连桌椅也没有，孩子们每天来时都要自带小板凳。小板凳高高低低，二十几个孩子也是高高低低，大的七岁，小的三岁。上课时大的喊、小的哭，老师呵斥了这个哄那个……上课则永远是讲故事。"上回讲到哪儿啦？"孩子们齐声回答："大——灰——狼——要——吃——小——山——羊——啦！"通常此刻必有人举手，憋不住尿了，或者其实已经尿完。一个故事断断续续要讲上好几天。"上回讲到哪儿啦？""不——听——话——的——小——山——羊——被——大——灰——狼——吃——掉——啦！"

下了课一窝蜂都去抢那两只木马，你推我搡，没有谁能真正骑上去。大些的孩子于是发明出另一种游戏,"骑马打仗":一个背上一个,冲呀杀呀喊声震天,人仰马翻者为败。两个老太太——还是按我的理解叫吧——心惊胆战,满院子里追着喊:"不兴这样,可不兴这样啊,看摔坏了!看把刘奶奶的花踩了!"刘奶奶,即房东,想不懂她怎么能容忍在自家院子里办幼儿园。但"骑马打仗"正是热火朝天,这边战火方歇,那边烽烟又起。这本来很好玩,可不知怎么一来,又有了惩罚战俘的规则。落马者仅被视为败军之将岂不太便宜了?所以还要被敲脑蹦儿,或者连人带马归顺敌方。这样就又有了叛徒,以及对叛徒的更为严厉的惩罚。叛徒一旦被捉回,就由两个人押着,倒背双手"游街示众",一路被人揪头发、拧耳朵。天知道为什么这惩罚竟至比骑马打仗本身更具诱惑了,到后来,无须骑马打仗,直接就玩起这惩罚的游戏。可谁是被惩罚者呢?便涌现出一两个头领,由他们说了算,他们说谁是叛徒谁就是叛徒,谁是叛徒谁当然就要受到惩罚。于是,人性,在那时就已暴露:为了免遭惩罚，大家纷纷去效忠那一两个头领，阿谀，谄媚，唯比成年人来得直率。可是！可是这游戏要玩下去总是得有被惩罚者呀。可怕的日子终于到了。可怕的日子就像增长着的年龄一样，必然来临。

做叛徒要比做俘虏可怕多了。俘虏尚可表现忠勇，希望未来，叛徒则是彻底无望，忽然间大家都把你抛弃了。五岁或者六岁，我已经见到了人间这一种最无助的处境。这时你唯一的祈祷就是那两个老太太快来吧，快来结束这荒唐的游戏吧。但你终会发现，这惩罚并不随着她们的制止而结束，这惩罚扩散进所有的时间，扩散到所有孩子的脸上和心里。轻轻的然而是严酷的拒斥，像一种季风，细密无声地从白昼吹入夜梦，无从逃脱，无处诉告，且不知其由来，直到它忽然转向，如同莫测的天气，莫测的命运，忽然间放开你，掉头去捉弄另一个孩子。

我不再想去幼儿园。我害怕早晨，盼望傍晚。我开始装病，开始想尽办法留在家里跟着奶奶，想出种种理由不去幼儿园。直到现在，我一看见那些哭喊着不要去幼儿园的孩子，心就发抖，设想他们的幼儿园里也有同样可怕的游戏，响晴白日也觉有鬼魅徘徊。（散文《我的幼儿园》）

（提示：△这儿要先加一节：写幼儿园里那可怕的消息将要漫漶到我的小学。△然后写小学和那个可怕的孩子（若干节）。△再然后写：这种可怕的消息还将扩展到人间的一切领域，长成为两个最可怕也最能显露人性之虚伪的两个词：流氓和叛徒。△故当分为三个标题来写：①我的幼儿园 ②我的小学 ③永恒的恐惧，即：为什么"流氓"与"叛徒"有着同样的根源——防范。△此后接写欲望，即：渴望他人，渴望心魂的团聚——所谓爱情，以及性爱的意义。2010-12-29)

未来那史（铁生）将懂得，这个世界上最可怕也是最能显露人性之虚伪的，是两个词：叛徒和流氓。什么意思呢？一，这是两个永世不得翻身的罪名，连神明也不予怜悯。二，这是两个仅仅因为疏忽大意即可踏入的泥淖，或深渊。第三，这两宗罪行的种子，无一例外地深藏于所有人的心中。所以——

> 好人，你应当感恩
> 感恩于你凑巧没有惹上
> 秘密，没有惹上誓言以及
> 敌人，和敌人的敌人
>
> （诗歌《好人》）

让我来试着解释。解释要从第三点开始，尤其要从"秘密"二字开始。所谓秘密，一是说确凿有某事物或某念头存在；二是说这些事物或念头切不可让外人——尤其是敌人——知道。

可是，谁没有秘密呢？自从赤裸的亚当、夏娃穿起了衣裳，走出伊甸园，人间就有了秘密。什么秘密呢？你遮蔽起了什么，什么就是秘密。所以，最初的秘密，就是亚当、夏娃一出伊甸园就想到要遮蔽起来的东西。什么呢？欲望！准确说就是：性欲。

谁没有性欲呢？即便是专制时代，即便禁欲之风盛行，人们也是默认这一点的。但是你要加倍小心，你可以保持它却不可以公开它，你可以保持你的欲望直至新婚之夜，切不可胡乱泄露你的秘密。问题是人，人绝不情愿与一匹配种站里的马行径雷同，人倾向于自主的婚姻，而非指定的交配。这便意味着选择。选择又意味着什么呢？意味着**多**——多中选一，意味着**众**——"众里寻她千百度"。这样，"流氓"的种子就埋藏于每一个人的心中了——因为"流氓"即指滥用这一秘密，而滥用是可能的。好了，剩下的问题就只有一个了：你要小心，要自我约束，看管好你那火种直到新婚之夜。不不不，我只是说在那样一种夜晚你可以放心大胆地燃烧，甚至于胆大妄为也无不可，但绝不是说其后就可以放任你的火势，就可以蔓延向**众多**。

事实上只要你坚决控制火势，使之局限于一，最多是历时性的二或三，你的火焰就称得上美丽与高贵，就毫不流氓，尤其是看起来就好像从无那样的欲望。但这是一个误解。或幸而是个误解。因为你如果对**众多**丧失了感受，致使谬种流传，则难免优选中断，贻害于**类**的前途。

这样就总结出了一个真理：世上本没有流氓，火势失控，才有了流氓。就好比自焚并不能算是火灾。所以"流氓"二字万难自立门户，唯冠以动词"耍"，方才顺理成章。也就是说，流氓是耍出来的。

"耍"的关键，在于涉及他人。同样，叛徒的罪行也在于涉及了他人，尤其是**殃**及了他人，否则这世界上本没有叛徒。一个人改变了自己的初衷，改变了以往的观点或立场，就好像荷尔蒙悄然改变了一个少年的容貌，怎么能算叛徒呢？倒是可以算弃暗投明。人在其漫长一生中，基于知识的积累和阅历的增加，如果进步，如果发展，如果改变，都可以看作是弃暗投明——至少这是初衷，是自然的造化。只有当你的改变殃及了他人，"叛徒"一词方才脱颖而出。然而，改变，难道不是每一个人与生俱来的可能性、必然性，甚至必要性吗？当然，这是自然的改变。自然的改变可以算主动的背叛吗？但主动的背叛并不就是原初意义上的叛徒，平心而论，当属成长。只有被动的背叛才是真正意义上的背叛。

迫人背叛的手段很多，《三国》《水浒》和《红岩》

中都有介绍。但还是少举例吧,人们大多害怕去想那些悲惨之事。好百姓理当少知少想那些悲惨并下流之事。好百姓有权安安稳稳了其一生——而伟人之伟,莫过行其大义于此。不过,"叛徒"的全部逻辑确乎不见天日久矣。

"叛徒比敌人还要可恨"——这话差不多没人会反对。可是为什么呢?"因为叛徒比敌人更加危险"——原地踏步,仍然需要问:为什么呢?你信不信,仅此两问,即可置大多数人于无言以对和面面相觑的地位?

其实,潜意识里没人不知道答案,只是不敢触动它的全部逻辑——

所有憎恨叛徒的人都知道,叛徒的处境是怎样的可怕。所以才有"叛徒"这个最为耻辱的词被创造出来,才有这种永生的惩罚被创造出来……对,主要不是因为叛徒背叛了什么信仰……主要是**殃及**!就是说,叛徒,会使得憎恨叛徒的人也走进叛徒曾经面临的那种处境……疼痛、死亡、屈辱、亲人无辜地受苦、被扯碎的血肉和被扯碎的心……人们深知这处境的可怕，便创造出一个更为可怕的惩罚——"叛徒"，来警告已经掉进了那可怕处境中的人，警告他们不要殃及我们，不要把我们也带进那可怕的处境。"叛徒"一词就是这样被创造出来的，作为警告，作为惩罚，作为被殃及时的报复，作为预防被殃及而发出的威胁，作为"英雄"们的一条既能躲避危难又可推卸责任的逃路，被创造出来了。

不是这样吗？如果不是，为什么谁也不愿意走到叛徒的位置上去，把他们替换下来？你知道那处境太可怕了，是呀我们都知道，所以，但愿那个被敌人抓去的人不要说出你也不要说出我，千万不要说出我们，不要殃及我们。那可怕的处境，就让他／她一个人去承担吧。

我们是如此地害怕殃及，因为我们心里还有个秘密：我们也有可能经受不住敌人的折磨，因而也有可能成为叛徒而遭受永生永世的惩罚——这是那可怕处境中最为可怕的背景。否则我们就无须这么害怕殃及……否则也就无所谓殃及了。让软弱的人滚开，让坚强的人站出来——如果我们确信经受得住那一切折磨……那就不仅不是殃及，反倒是一个光荣的机会了……是呀是呀，如果敌人的折磨不那么可怕，我们去做英雄就是了。如果成不了英雄的后果不是更加可怕，敌人的折磨也就没那么可怕了，实在受不住时我们投降就是了。但是，当"叛徒"这个永生的惩罚被创造出来之后，那处境就是完全的绝望了。一个人只要被敌人抓住——也可能仅仅是因为一次疏忽大意，他就完了，他就死了，或者，作为人的生命和心魂就已经结束了。多么滑稽，我们为了预防被殃及而发出的威胁，也威胁了我们自己……（长篇小说《务虚笔记·葵林故事》）

多么滑稽，比敌人更可怕的竟然是我们自己。比敌人"更要可恨"和"更加危险"的，竟然都是曾经的"自己人"。

"不，这不对！"他站起来，向着暮色沉重的葵林喊，"那是为了事业，对，是为了整个事业不再遭受损失!"

血红色的葵林随风起伏、摇荡。暮鸦成群地飞来,黑色的鸟群飞过葵林上空。

什么事业?惩罚的事业吗?

不,那是任何事业都不可避免的牺牲。

那,为什么你可以避免,她却不可避免?

这样的算法不对,不是我一个,被殃及的可能是成百上千我们的同志。

为什么不能,比如说在你一个那儿就打住呢,就像你们希望在她一个人那儿打住一样?或者,为什么不能在成千上万我们的同志中的任何一个人那儿打住呢?成千上万的英雄为什么没有一个站到她的那个位置上去,把这个懦夫换下来,让殃及,在一个英雄那儿打住?

如果有人愿意站到她的位置上去,那就谈不上什么殃及。如果没有人愿意这样,一个叛徒的耻辱,不过是众多叛徒的替身,不过是众多"英雄"的合谋。

不对不对!她已经被抓去了,就应该在她那儿打住,不能再多损失一个人。

噢，别说了，那只是因为你比她跑得快，或者只是她比你"成熟"得晚。真的，真的别说了。也许我们马上就要称称同志们的体重了，看看谁去能够少损失些斤两。就像一场赌博，看看是谁抓到那一手坏牌。

可是，可是不这样又怎么办？一个殃及一个，这样下去可还有个完吗？（长篇小说《务虚笔记·葵林故事》）

那么，不管是为了什么事业，这样的惩罚可有个完吗？当年，在幼儿园里头一回做了叛徒的时候，我大概五岁，或者六岁，说真的我已然感到了那两个字的可怕。我只是不可能想到，那两个字，或那样的消息，还要从幼儿园里漫漶进整个世界，还要从一群孩子的游戏中，漫漶到人世间所有的领域。你不信吗？那消息最先就漫漶进了我的小学。

我的小学，校园原本是一座老庙，准确说是一座大庙的一部分。大庙叫柏林寺，里面有很多合抱粗的老柏树。有风的时候，老柏树浓密而深沉的响声一浪一浪，传遍校园，传进教室，使吵闹的孩子也不由得安静下来，使琅琅的读书声时而飞扬，时而沉落，使得上课和下课的铃声飘忽或悠扬。

摇铃的老头，据说曾经就是这庙中的和尚，庙既改作学校，他便还俗做了这儿的看门人，看门而兼摇铃。老头极和蔼，随你怎样摸他的红鼻头和光脑袋他都不恼，看见你不快活他甚至会低下头来给你："想摸摸吗？"孩子们都愿意到传达室去玩，挤在他的床上，没大没小地跟他说笑。上课或下课的时间到了，他摇起铜铃，不紧不慢地在所有的窗廊下走过，目不旁顾，一路都不改变姿势。"叮当，叮当——叮当，叮当——"，铃声在风中飘摇，在校园里回荡，在阳光里漫散开去，在所有孩子的心中留下难以磨灭的记忆。那铃声，上课时摇得紧张，下课时摇得舒畅，但无论紧张还是舒畅都比后来的电铃有味道，浪漫、多情，仿佛知道你的惧怕和盼望。

但有一天那铃声忽然消失，摇铃的老人也不见了，听说是回他的农村老家去了。为什么呢？

据说是因为他仍在悄悄地烧香念佛，而一个崭新的时代应该是无神论的国度。孩子们再走进校门时，看见那铜铃还在窗前，但物是人非，传达室里端坐着一名严厉的老太太，老太太可不让孩子们在她的办公重地胡闹。上课和下课，老太太只在按钮上轻轻一点，电铃于是"哇，哇——"地乱喊，不分青红皂白，整个校园都吓得像要昏过去。在那近乎残酷的声音里，孩子们懂得了怀念：以往的铃声到哪儿去了？唯有一点是确定的，它随着记忆走进了未来。在它飘逝多年之后，在梦中，我常常又听见它，听见它的飘忽与悠扬，看见那摇铃老人沉着的步伐，在他一无改变的面容中惊醒。那铃声中是否早已埋藏下未来，早已知道了以后的许多事情呢？（散文《有关庙的回忆》）

整理者注：长篇作品《回忆与随想：我在史铁生》为未完成稿，第一至第三部分相对完整，文中两处"提示"说明第四部分明显有待修改和继续。

此Word文档在电脑中显示的最后修改时间：2010年12月30日，9:35:58。

小 说

恋　人

八十岁，老吴住进了医院的病危室。一步登天的那间小屋里，一道屏风隔开两张病床，谁料那边床上躺的老太太竟是他的小学同桌。怎么知道的？护士叫到老吴时，就听那边有人一字一喘地问道："这老爷子，小时候可是上的幸福里三小吗？"老吴说："您哪位？""我是布欢儿呀，不记得了？"若非这名字特别，谁还会记得。

"五年级时就听说你搬家到外地去了，到底是哪儿呀？"

"没有的事，"老吴说，"我们家一直都在北京。"

屏风那边沉寂半晌，而后一声长叹。

布欢儿只来得及跟老吴说了三件事。一是她从九岁就爱上老吴了。二是她命不好，一辈子连累得好多人都跟着她倒霉。布欢儿感叹说，没想到临了临了，还能亲自把这些事告诉老吴。

哪些事呢？小学毕业，再没见到老吴，布欢儿相信来日方长。中学毕业了，还是没有老吴的消息，不然的话，布欢儿是想跟老吴报考同一所大学的。直到大学毕业，到了谈婚论嫁的年纪，老吴仍如泥牛入海，布欢儿却是痴心未改，对老吴一往情深。一年年过去，一次次地错过姻缘，布欢儿到了三十岁。偏有个小伙子跟她一样痴情，布欢儿等老吴一年，他就等布欢儿一年。谁料，三十七岁时布欢儿却嫁给了另一个人，只因那人长相酷似老吴——从他少年时的照片上看。

"这人，还好吧？"

"他就不算个人！"

为啥不算个人布欢儿也没说，只是说，否则母亲也不会被气死。

那人之后布欢儿心灰意冷，很快就跟第一时间向她求婚的人登了记。婚后才发现，这人还是长得像老吴——从少年老吴的发展趋势看。

"怎么样，你们过得？"

"过是过了几年。可后来才知道，咱是二奶！"

"这怎么说的!"

怎么说？布欢儿一跺脚，离婚，出国，嫁个洋人，再把女儿接出去上学……一晃就是二十年。有一天接到个电话，是当年那个一直等她的小伙子打来的。

"过得还好吗，你?"

"还是一个人，我。"

"咋还不结婚呢，你?"

"第一回我被淘汰。第二回我晚了一步。第三回嘛，这不，刚打听到你住哪儿。"

"唉，你这个人哪!"

"我这个人性子慢。你呢，又太急。"

约好了来家见面，布欢儿自信已有充分的心理准备，可门一开她还是惊倒在沙发里：进来一个完全不认识的小老头儿……

老吴回普通病房之前，挂着拐棍儿到屏风那边去看了看他的同桌。

四目相对，布欢儿惊叫道："老天，他才真是像你呀!"

"你是说哪一个?"

"等了我一辈子的那个呀……"

这是布欢儿告诉老吴的第三件事。

           2010年11月12日

猴群逸事

群山幽谷之间,地势陡然舒缓,密林流溪,野兽出没。父辈们于此掘沟竖网,铺路架桥,建起一座野生动物园。若干年后,阿迪承其父业,在这里照看猴群。

某年围网失修,走漏了猴王麦。群猴不可一日无主,阿迪忧心忡忡。麦未走时,年轻的闪与雷既已各怀雄心,如今天赐良机岂可坐视?于是"烽烟"顿起。优胜劣汰,天经地义,阿迪暗喜。

谁料二猴势均力敌,久战难分胜负。猴群遂分两派,各拥其主,相互厮杀,恰所谓"战斗正未有穷期"。阿迪转喜为忧,深知一山难容二虎,否则两败俱伤事小,猴群的长治久安才是重中之重。

久观战事,见闪每占上风却不足胜雷,阿迪心生一计:移雷别养。

闪称王，猴群治。

雷呢？虽是阶下囚，却如座上宾——住单间，吃小灶，可谓万事无忧。怎奈猴群的吵闹声不时隔山入耳，又不免心烦气躁。阿迪深感对它不住，常来探望。雷或怒目圆睁，或掉头面壁。阿迪走后，雷绝一回食，发一顿狠，听听猴群那边依旧歌舞升平，也只好睡吧——"梦里不知身是客"。

雷的精神日渐委顿，胃口亦趋低迷。阿迪不忍，偶尔放它出来过过风。一日放风归来，阿迪有意无意地忘记锁门，回身再看时，雷已风行于崇山峻岭之间。阿迪欷歔半响，喜忧参半。喜的是，雷已重获自由；忧的是，它会不会养精蓄锐再来争王？

所幸雷一去不归，反惹得阿迪时有牵挂。

数年后阿迪进山采药，途遇一孤身老猴，或前或后地总是跟着他。疑为雷。投食引之，不理不睬。挥拳驱之，不惊不媚。开怀迎之，那猴似笑非笑，作揖顿首，而后款款离去，隐于深山。

2010年11月17日

借你一次午睡

苏苏午睡醒来，发现邻居邝婶坐在窗前看报纸。苏苏说，邝婶您怎么在这儿？邝婶说蒙蒙你做啥梦啦，一股劲儿笑？苏苏一愣，再看四周，怎么不是自己家呢？邝婶也忽有所悟似的，说好好好，苏苏你醒过来就好，我叫你妈去。

这是哪儿呢？我怎么跑这儿来了？墙上的照片都是谁？噢，有邝婶。苏苏明白了，这是邝婶家。

这时候喊喊喳喳地来了不少人，围定苏苏，大气不出地看着她。

"苏苏，是你吗？"阿婆带着哭腔扑过来。

这下众人才都敢问了：苏苏是你吗？苏苏你到底怎么回事呀？苏苏你啥感觉……甚至还有人说：这些日子上哪儿啦你，苏苏？

苏苏有点儿蒙：窗外怎么下着雪呢？人们怎么都穿了棉衣呢？莫非到冬天了？可午睡前还是夏天呀？

"怎么回事呀，妈妈？"苏苏有些怕了。

妈妈搂紧她说："苏苏你别怕。你还记得吗，去年暑假的一天中午，一觉醒来，你忽然说起蒙蒙的话来？"

"蒙蒙？谁是蒙蒙？"

"蒙蒙是你邝婶的大女儿。"

"邝婶还有个大女儿？"

"唉！"邝婶叹道，"她走的时候还没有你呢。"

妈妈说："那个中午以后，你除了长得还是自己，可说话、做事、一颦一笑全都像蒙蒙了，而且非要住到邝婶家来不可，管邝婶叫妈，管我倒叫开阿姨了……"

邻居们说是呀是呀，苏苏你简直就变成蒙蒙了，没人不相信你就是邝婶的亲闺女的，对邝婶那叫一个好……

苏苏心里有些头绪了。那个中午很热，游泳回来倒在床上正要睡，进来个姑娘把她摇醒，说苏苏帮我个忙吧，说着拉起她就走，直走进一个大花园。姑娘说苏苏你就在这儿看花吧，我就回来。苏苏先是觉得好无道理，后便让那铺天盖地的牡丹花给迷住了，孩子脸似的花朵，五颜六色，争奇斗艳……不一会儿那姑娘回来了，说行了，苏苏你回吧。苏苏正要走，姑娘又拉住她，说我可怎么谢你呢？苏苏说不用。姑娘想了一会儿，说我有件真丝手绣的旗袍你穿上肯定合适，这样吧，回去你朝我妈要……

苏苏把这梦说给众人。邝婶翻箱倒柜，果然找出了一件蒙蒙生前的旗袍；苏苏穿上，无比的合身。

2010年12月3日

书 简

给王朔的信

一

王朔兄：好！

譬如生死、灵魂，譬如有与无，有些事要么不说，一说就哲。其实我未必够得上哲，只是忍不住想——有人说是思辨，有人说是诡辩。是什么无所谓，但问题明摆着在那儿。

1．"绝对的无是有的"，这话自相矛盾。所以矛盾，就因为不管什么，要么不知（不能说也不能想），一知（一说一想）就有了。所以，这句话，躲闪不开地暗示了一个前提：有！或有对无（以及"绝对的无"）

的感知与确认。——可是这样来看，绝对的无，其实就不可能有。

2."到达了无限"，这话还是矛盾。不可到达的，才是无限。无限，只能趋近，或眺望。但这就又暗示了一个趋近者或眺望者的位置。所谓"无极即太极"，我想就是说的这个意思。所以我总不相信"人皆可以成佛"，除非把这个"成"字注明为进行态，而非完成时。

3.那就不说"到达"，说"就是"——我，就是无限！行不行？还是不行。我，意味着他和你，当然是有限，有限不能就是无限。

那就连"我"也去掉，也不说，一切主语都不要——你们这些咬文嚼字的人！——只说无限本身，行吗？无限本身是存在的，这总没问题了吧？是，没问题了（暂不追究"无限"谈不谈得上"本身"）。不仅没问题了，什么也就都没了，绝对地无了——但发现这一点的，肯定不是无限本身。"天地无言"，无限本身是从来不说话的。岂止不说话，它根本就是无知无觉，既不表达，也无感受，更不对种种感受之后的意见有所赞成与反对。唯有限可以谈论它、感受它、表达它，唯有限看出它是无限本身。无限是如何与如何的，怎样并怎样的——这不是别的，这正是有限（譬如人）对它的猜想，或描画。

那就再换句话，这样说：既然无限是存在的，这无限，不可以自称为"我"吗？是的，不可以，也不可能。无外无他才可谓无限，无外无他谈何"我"哉？

4.你说这是纠缠词句，是限于人的位置，在折磨逻辑。而你是亲历其境，实际地体验了它，进入了它，成为了它。虽然我不怀疑你说的是实话，但你注意到没有：实际上你还是在一个有限的位置上（此岸），描述着与无限相遇的感受，猜想着那种状态之无限延续的可能。实际上是，有那么一阵子，你进入了一种非常状态，即与素常束缚于人体（心智）的感受迥然不同的感受。但问题是：实际上，你不能证明那样的状态已是无外无他，你不能用短暂的状态证明终点，证明永恒；相反，倒是那状态的短暂，表明了它实际并不无限，表明了仍有一种对立状态在实际地牵制——即有限的牵制，有限之此岸向无限之彼岸的短暂眺望。其实，有很多途径可以体验无限，进入无限，但你还是不能说：我就是它，我成为了它。

5.当然，你那"短暂状态"是如此地不同寻常，完全不同于寻常的想象、眺望和猜想，以至于谁也没法说它不是真的，不是实际——如果这还不是真的，不是实际，那就不知道"真的"和"实际"到底是要指什么了。

没问题，我绝不怀疑这是真的，因为刨去感受（感知），"真"就丧失根据。但我倾向于把"真"与"实"区分开；比如梦，便是真而不实，因为它终于要醒来，醒入"实"。这么说吧：无论多么玄虚短暂的感受，都可堂堂正正地称真，但一入实，则必有后续——接下来是什么？然后呢，怎样？看不到然后，就会真、实混淆，那是梦游状态、艺术或精神病状态——我不是说这不好，我只是说：真，可以不实；实，也可以不真，比如说实际中有多少误认。——这不是道德判断，更没有价值褒贬。

不实之真不仅可能，而且通常是"实"的引导，譬如梦想是现实的方向。但我要说的还是：不能没有实，不能停留在梦里。不能没有实，和不能停留在梦里，并不是指人不得不干点务实性工作，而是说生活（世界、存在、一切）都是从不停留的，不可能没有后续，因而无论人还是什么，都在无始无终的过程中，没有终点，不可到达——而这就是实，实在，或实际。这么说吧：感受是真，感受的永无止境是实，加起来叫作：真实。中国信仰，说也总是说着"迁流不住"、"不可执着"，但盼望的还是一处终止性天堂，并不真信一切都在无限的行走与眺望中。

6.我有时想：一缕狗魂，设若一天忽离狗体而入人身，怎样呢？它一定会在刹那间扩展了的自由中惊喜欲狂，一时不知（或来不及知）人身的限制何在，而以为这就是无限了，就是神。（恕此话有点像骂人，实在我是选了一种最可爱的动物来作比喻。）那么，人与超人——借用尼采一个说法——的关系，是否也就这样？

（所以尼采的"超人"，使惯于作等级理解的国人备受刺激，其实呢，他是强调着超越的永无止境。）

当然，你可以设想那短暂状态的无限延长。而我当然就不应该强词夺理，说那毕竟只是设想。因为设想也是真，也是存在之一种，正如梦和梦想是存在之一种，甚至是更为重要、更为辽阔并巨大的存在。（那正是"超人"的方向吧？）超人之"超"，意味了距离，意味了两端。所以，我如果说"那毕竟是设想"，也只是指：无论"超"到什么程度，仍也离不开有限一端的牵制。

7. 在我理解，你的意思之最简明的表达是：因那短暂的亲历，已足够证明那非凡状态的确有，足够证明无限的存在！既如此，无限可以在彼，为什么不可以在此？它可以就是无限，为什么我不可以就是无限？我曾经不是它，为什么我不可能终于是它？（插一句：佛徒的所谓"往生"，大致就是这样的期求。）

而我的意思之最简明的表达是：我当然相信那短暂状态的确有，相信无限的存在，这是前提——条条大路通罗马，绝不止一法可以通向它。我的不同意见（其实只是补充意见）是，无限的确在，不仅不能证明有限的消灭，而且恰恰证明了此岸的永恒。彼岸的确有，缘于此岸的眺望；无限的存在，系于有限的感知。反过来也一样。其实我对你那亲历毫不怀疑，我想说的只是一点：两岸之永恒地不可以脱离！因为，缺一必致全无。全无就算有，必也是音信全无，那是上帝创造（宇宙大爆炸）之前就曾达到过的，想必也是上帝没收（或人类玩响一场核战）之后仍可以达到的——只是当真如此，有限与无限就一同毁灭。

8.我记得那天的话题是从身魂分离开始的。在我想，你那非凡状态，正是身魂殊为明显的一次（或一种）分离。曾有哲人说：超越生死，唯身魂分离之一径。——不细说，细说没头儿。

只说分离。又有哲人说：上帝的创造，即在分离——分离开天地、昼夜、万物。于是乎无中生有！无中生有，实为无奈之词，姑且之说。因为即便高瞻远瞩如老子者，也还是在有限之维，也难寻遍存在之无限的维度，也只好称那猜想中的无边无际为"混沌"，为"道"。而这"道"字，正是指"无极即太极"吧，正是指永恒的行走与眺望吧？我看这不是某人或某维的局限，这是存在的本质，失此而为不在。存在既始于分离，就意味着对立，唯对立中才有距离——空间、时间，乃至思维之漫漫——才是存在。对立消失，一切归零，即成不在。而虚无不言，虚无一言便又是对立的呈现——即"存在"对"虚无"的言说（眺望、感受、描画）。而对立的极致，便是有限与无限的两端。

我的意思还是：那老子不可言传之物（之在，之态），谁也不可能就是它，谁也不可能弃绝有限而永为无限，谁也只能是以有限的位置做无限的行走与眺望。虽然超越常人之维的所在多有（别有洞天），可在不同于人之身心的限制中享有异乎于人的自由，但仍不可以是绝对、无限和永恒，因为一极之失，必致全面回零——虽然这其实办不到。

（多说一句：神在，一种是由亲眼目睹来证明；一种是由"调查属实"来证明，比如神迹；还有一种，即以有限证明无限，以人的残缺证明圆满，而圆满即是神在。后一种证明，也许是不期然地有了一个好处：人与神既有着绝对距离，所以在这样的信仰地，造人为神的事就难于得逞。）

9. 我有时想，宇宙的多维，多就多在观察的无限可能性。一观，即一维。（譬如高僧的"六根"清静，其实还是观，也许就观到了五维、六维。）但脱离观察，不能存在，更谈何维？

物理学中有一说，叫作"人择原理"，意思是：人类常惊讶地问，世界何以如此（利于人类生存），而非如彼（那样的话就少了全部的麻烦）？回答是，正因为世界如此，才诞生了人类，人类才能对世界作如此之观与问，如此之观与问便使世界呈现为如此。

这样看，我们的一切感受与表达，不过是如此世界的如此消息。简单说，世界有消息发散，因故有人。所以我猜，一维一世界，各有其消息要发散，故各有其类人之物（之心，之思，之魂）存在。只是，比如人与人之间的难于沟通，维与维之间就更难逾越。一旦逾越，便是一种全新境界（譬如初恋时，世界忽儿扩展，有如不曾发现的一维),新得你无言以对(譬如初恋之喜悦,妙不可言),新得你来不及看清那一维的边缘或限制,以为无限(譬如说落入情网的疯狂,看其他都是狗屁不如)。所以我又猜,恰恰是无极孤苦,无从表达——限制消失,找不着自我,没边没沿的话可怎么说?没边没沿的感可怎么受?正如无限是无限个有限的连接,多维之每一维都是面对无限,唯无限面对有限。串维的事很少发生。一旦发生,人即称之为"成仙""得道""特异功能",并沾沾然以为一限既破,无限料必可及。

10.好吧,就算对立永恒,但对立不可能是这样吗:张三你在此岸,李四我(先甭管用什么妙法)去了彼岸?

我看还是不可能。要是李四说他到达了更多自由的境界(他维),我还信,但他要是说到了彼岸,我就没法信。彼岸一到,莫说"彼岸"已成此岸,只问:这"彼岸"可还有没有彼岸?倘其没有,就又归零。——我猜,其实这零,绝死也是可以归的,绝傻也是可以到的。

我猜,灭绝一端,甚至神也不能。比如,神若失去人的追求,就很像人失去狗的跟随。又比如,人为狗主,神为人主(我主)。又比如,狗跟随着主人跑,正如神指引人的道路。又比如狗虽然追着人跑,只是看重人给的一些好处,只是看人活得比它富足,却看不见人的无限追求,以为人的日子真是极乐,所以,人若也只是贪图着神给些好处,而不把神看作是一条无限的善路,神也就成了人(中国的神多是如此,造人为神的勾当亦多是这样的思路),人呢,看不见无限也就成了狗。

11. 其实,这样的寻求,正是典型的中国信仰。所以,中国式信仰,多是信一处实际的终点——即终止性天堂,或称:极乐世界。而另外一种信仰,把神看作是人不可企及的善好境界,则一定是看清了"无极即太极",所以相信神不在终点,而在无极之路。

《圣经》上说,"看不见而信的人有福了"。无极的路是看不见头的。看不见,才谈得上信(信仰或信心)。到达了,是实得(当然是得种种好处),不是信。实得不是因信称义,是因利称福,故有贪污犯们铁"信"。说看见了头的,是期望并欣喜于实得之可及(如各类教主的许诺),当然也非"信"之本义,是物利尚未实得同志仍需努力。所以中国信仰多是无实利则不信的。所以，以实际的到达为信仰的依据，一开始就走了板，不过是贪欲的变相，或"升华"。

12.不过，说来说去这一切还不都是人说？还不都是拘于三、四维之人类的逻辑？而另外的存在，又岂是人维可以说得明白、想得透彻的？以三、四维之人心人智，度无限之神思神在，岂不像"子非鱼，安知鱼之乐乎"？

这样说，当然了，我一定理屈词穷。但是，这样说，实在是等于什么都没说，等于什么都不能说，等于什么都可以说，或怎么说都行。怎么说都行的东西不如不说。怎么说都行的东西，最可能孕育霸道——怎么摆布你怎么是。比如，跟着怎么说都行的教主或领袖走，他说什么是什么，你还不能辩。这让我想起某些气功师的治病，治好了，证明他的伟大；治不好，证明你还没有完全相信他的伟大；治死了怎么说？说你已经在他伟大的指引下圆满去了。这可能是中国信仰的沉疴痼疾。

"信仰"二字，意味着非理性，但不是无理性。无

《如铁如生》，赵莉作

理性就是怎么说都行。非理性是指理性的不可及处。恰恰是理性的欲及而不及,使人听见绝对的命令,比如生的权利就不需要证明;比如追求幸福的权利,天道当然也不需要证明。但,倘若谁说"跟我走,就到天堂",那你得拿出证明,拿不出来就是诈骗。

13.总而言之,我是想说:"到达"式的天堂观,是中国式信仰的无理性基础,故易生贪、争、贿赂与霸道。"道路"式的天堂观,无始无终地行走与眺望,想当然就会倾向于真善美,相信爱才是意义。

再有,人不可以说的,不知道谁可以说。神可以说吗?可自古至今哪一条神说不由人传?想来只一条:有限与无限的对立,残缺如人与圆满如神的永恒距离。唯此一条是原版的神说,因其无须人传,传也是它,不传也是它。绝对的命令就听见了。

14.有个问题总想不透:基督教认为"人与神有着绝对的距离",而佛教相信"人皆可以成佛"——这两种完全相悖的态度难道是偶然?曾有朋友跟我说,基督信仰很可能目睹过天外智能的降临,所以《圣经》中的神从不具人形,只是西奈山上的一团光耀。今天你又跟我说佛家、道家很可能也是亲历过那种神奇状态。两种猜想都很美妙,或也都确实。因而现在我想:说不定这正是东西方文化之所以截然不同的根源。由于"对初始原因的敏感依赖",演变至今,便有了如此巨大的差别:一个以"道路"为天堂,一个以"实得"为善果。

15. 这两天再看《西藏生死之书》,其中的"中阴"呀、"地光明"呀,确实跟你说的那种感受一样。所以我对我以上的想法也有怀疑;很可能如你所说,我们在人的位置上是永远不可能理解那种状态的。但我又发现:所有那些感觉或处境,还都是相对着人的感觉或处境而言的(或而有的)。所以我总想象不出:一种感觉,若不相对着另一种感觉,怎么能成为一种感觉?或一种处境,若不相对着另一种处境,你将怎样描画(或界定)这种处境?换句话说:我不能想象一种无边无际的感觉怎么能够还在感觉中,或一种无边无际的处境,怎么还可以认定是一种处境?无论是"言说使人存在"，还是"痛苦使人存在"，其实说的都是：有限使人存在，有限使无限存在，或对立使存在成为可能。

有兴趣，再聊。我这人好较真儿，别在意。于此残身熬过半百，不由得对下场考虑多些。
祝　尽量地好！

史铁生
2003年6月25日

小记：数天前赴一聚会，到会者：张洁、余韶文、赵为民、王朔、姜文、李健鸣、海岩、希米与我。王朔先说起一些神秘经历，有些事我与他各执一词互相不能说服，归来成此信。

二

王朔：好！

信和经都收到了，经真是译得妙。

看来是我有点弄拧了，没明白你原本是想说什么。死的事其实都是猜测，所以怎么猜都不能说错。在无限可猜的状态中信其一种为真，因此活得踏实，生与死都有谱了，说真的就行了。所谓乐观不可能再是别的。所以我同意你说的——"死，实在是件很私密的事"。再说多少也一样，终归是猜测，是信不信的问题。要是那天我没把你的意思南辕北辙想远了，说到这应该就完了，话到"私密"其实当下就结束了。信，在任何一步猜想上停下来都是正当，只要自洽就没毛病。

当然，愿意多想的话还是有些另外的角度值得玩味，意图不过是：进一步，退一步，或者变个角度猜，是否还可以信？既是"连金刚那样坚固都能破开"，想必也是经历了种种刁问的。

说起这类事，我容易招人烦，七七八八又想到不少。先说这些，表明我对"私密"的赞成和维护，绝非那类要求统一的人。然后，更多的话，有兴趣再慢慢说。

铁生

2003年7月11日

以上几天前写。还有些另外的想法，干脆一块都传给你吧。

理论（或理性）一词，已然有许多歧义。比如，一种是说某种固定的思维模式、框架。这有时就难免不切实际（但这不是它的错，是它的限）。另一种是说逻辑。白天说话，这是逃脱不了的。还有一种其实是说思想。"思想"一词被伟人们炒玄了，说白了就是思虑和猜想，或者是对猜想的思虑——就算庸人自扰吧，也还是希望那猜想自己看着先可信。

我好些年没看佛经了。现在看这本《北京话金刚经》，跟我读那本古文时所得印象接近。"大明白人"说来说去，我总结就一句话：别把什么事儿真当个事儿（顶多民之生计能算个事儿），踏踏实实该怎么活着怎么活着甭老胡思乱想，早晚我带你们走出生命那福气可就大了，大得你们没法想。——不知我这体会有无大错？早年我读到这就一愣：这不是树吗！那还是说活着，死了呢，不就是石头吗！往大里说，不就是山吗！再不够，就是天、是地！总之，不就是无知无觉吗（佛认为是大觉)!现在我还是摆脱不了这一读后感。实在,我真是想有谁能帮我摆脱,或干脆告诉我:你就是那种压根儿摆脱不了——难觉难悟——的人!那我也就死心了,踏踏实实把事儿还当个事儿去,保证还不能嫉妒别人把事儿不当个事儿。

我的倾向已经大白。我说过我这人好较真儿,现在又来了。不开玩笑,我真是怕你不耐烦。烦了,下面的你就不看,放心,没事。

你说耶稣有点吹牛逼,可我倒是觉着佛的话才真是大。是佛把人的愿望归总成无苦而极乐,然后说:"行嘞,听我的,这事儿我就给你们办了!"而耶稣说的是:"想一点麻烦都没有吗?这事儿我办不了(办得了他也不至于上十字架了),我只能给你们指条道儿。"——这样的话当然佛经和圣经里都没有,但从佛祖得其不坏之金身和耶稣唯落得一个横死看,这话也就隐含着都说了。

有个真实故事:某东人笑某西人:"你们那神就差

着份呢，连自己儿子的事都管不了！"

刘小枫有篇文章，或可消除人们对耶稣及上帝的错解。奥斯维辛之后，人们发现很多死囚写下的祈求，比如："主啊，我不要求你别的，只求你让我死在外面的阳光下吧！"可就连这样的祈求主也未予应答。那么上帝，你到底算什么东西？文章说：事实是，基督的神不同于原始诸神，说白了，他不是那种万能的、有求必应的神。相反，基督的神是苦弱的神，除了派他的儿子与这苦难之世同在，从而倡导一个爱字之外，他也没别的辙。

可佛的话我老是听着玄（悬）。他说你跟着我走我就带你去极乐去圆满，可极乐啥样他不说，为啥能那样他也不说。可能是人不该问。问题是，他要只是说"听我的不得了，老这么问东问西的咱这事儿可就瞎了"——老实说，这语式让我想起共产主义。当然佛肯定全是好意，那我也嘀咕：这法子不会被贼人利用吗？

你说"中国民间的迷信把佛糟蹋得不成样子"，是否跟这法子给他们留了空有关？若信"人和神有永恒的距离"，愚昧崇拜就会少得多。人不崇拜人，问题就不大。人崇拜自然，崇拜最初的那个"有生于无"和"三生万物"有什么不好？

耶稣和摩西都不是神，顶多算个领头的。基督的神从无人格，完全可以把他理解成创造之始，存在之初（如宇宙大爆炸）。而在这不由分说的创造中，隐含着无穷的可能，无穷的处境与道路，并不对人类有特殊的优惠（比如无苦而极乐）。但是，如果你能从这无穷的可能中听见某种可能，认出某条道路，你就能在这不由分说的处境中不再惊慌，不再抱怨，享受爱意（中国人老说爱是奉献，其实爱才是享受）。所以耶稣和摩西等人的跪拜，在我看，一是对这不由分说的处境心存敬畏，一是为那爱意之福的可能心存感激，一是对寻找那条道路抱着虔诚与思虑。

你说佛也是指了一条路，这我当然赞成。不过，我赞成不是说我认为佛（或佛徒们）底根儿就这意思，而是说我赞成这样去理解（前信我说过，但愿"成佛"二字是进行态而非完成时）。有一条路是为了取，有一条路是为了行。显然，有头的路是指向取，没头的路你只好去行。以行为取，随时随地，一路贯穿。到终点去取的，半道上钩心斗角就属正常。路一有头，心就都放在头上了。再说了，有头的路还算是路吗？到了头怎么办？所以我看佛还不是指的路，还是指的果。当然佛也是多次强调行的，那么，这个果的引诱也许是更高一招的考验？

还有，路上的享受——爱意之福唯靠人行——都是明说的，而终点的福气一向还是个谜，得到头儿再看。有件事我常不解：科学干出了那么多神奇的事可人们不说它神奇，气功之类稍显手段人们就要崇拜，到底比事儿呢还是比招儿？是比招儿，弄不明白的事儿最抓人。尤其这弄不明白的事要是有个人连自己都不知道怎么就办到了（比如猛不丁就蹿到另一维去了），他说什么大伙就容易信什么了。中国人尤重眼见为实。其实呢，他能办到的也不过九牛一毛，剩下的毛他也找不着，这人们就不计较。但凡全能和宣称全能的，我都听着邪乎。

什么是神？把守着，甚至是炫耀着神秘之门的是一种，这一种不大可能不要人去信仰，去崇拜——各类坛主，各类造人为神的事，多属此种。明说了，光得好儿的地方这儿没有，这儿只有走不完的路，走不完的路上能不能有享不完的福那得瞧你自个儿的——这样冷冰冰不近人情的神，我看倒像没别的企图。

神，没有统一的定义，所以"有神论"和"无神论"都得看他到底怎么回事。

我可能又有点离谱了。咱还是说对死后的猜测吧。

其实人活着活着忽然见着死了，都会有个猜想。很多人不过是怕，一天天地拖着不想。一想，就得用理智了，要么用感情（比如一厢情愿）。我曾经就是一厢情愿，这儿那儿全身像似没好地方了，我想不如死吧，死了就什么痛苦都没了（想死的人恐怕都这么想）。然后因为点别的事耽搁了，一下没死成，有工夫就又想：什么痛苦都没了是什么样呢？真是笨，想了好些年，有天终于眼前头蹦出句话：什么痛苦都没了，除非是什么都没了呗。是呀，要使痛苦无从产生，最可信可靠的办法就是什么都别让它有！我先是窃喜，紧跟着沮丧：咳，想了半天不就是小时候大人告诉我的那句话吗？——死了，就什么都没有了。

可什么都没有了，既让人不痛快，又让人想不通。就像你说的："目前的迹象很乐观，我们死后还会以另一种方式存在。"对呀，还会存在，所以乐观。要是什么都没有了呢？当然也就什么都甭说了。所以我想，必须得把未来猜在有上！什么都可以没，"有"却不能没！先得让它有，一切事才好说，一切美好之物才能成立——老子真是说对了！可是这么一来，就不大好想象光有快乐没有痛苦是怎么个状态了，就算那不是人，是神，也还是说服不了谁。

当然我们可以谁也不说服，谁爱信不信。所以剩下的还是一个猜想。这猜想恐怕就要永恒了。但猜想是正当的。但猜想又是无限的。就是说：谁，怎么猜，都行。为自己猜多半是猜天堂,即那无苦而极乐之地。为别人(比如坏人)猜,地狱就诞生了。为自己猜而猜成地狱的,就有点不凡("我不下地狱谁下地狱?")。为别人猜也都猜成天堂的,更是菩萨心肠(普度众生)。但有一点是一样的,这猜的根据还在人间;比如痛苦,比如快乐,当然跑不出去还是人的经验。又因为,谁也不知天堂什么样,那一种存在是像孩子那样地惊喜,还是像老人那样终于也看出破绽?所以猜测也就有了无限的自由——谁怎么猜都行,怎么信都对。

所以猜想都是正当的,信(不说仰)是自足的,用不着科学来鉴定,更用不着理论来说三道四。明显的一个理由是:信是自足的,理论却不是,科学却要证明,而一旦证明起来谁也靠不了谱。明摆着:灵魂之在以及怎样在,压根儿不可证实与证伪。所以有这么一句话等着你就够了:你说到哪儿去也还是人的思与想,而那儿——死后状态——完全是人的思与想所不及的。

所以这种事只能是私密的猜想,说给人听也还是私密的猜想,甭想谋取公认。

不过,我倒觉着多想想也不坏。要是天堂肯定就在那边儿等着,多想想也不至于就丢了。要是本来没那么码事呢,礼多人不怪,多几手准备也好。

我生来是个缺乏自信的人,手拿把攥的事儿常还是担心。比如说,天堂是一种猜测,地狱也是一种猜测,二者等值,没理由说哪个胜过哪个。万一哥儿们不幸错过了天堂可咋办?有备无患,此生我就像是走错了地儿,下回再不敢莽撞。就算天堂是一定的,多个心眼也没什么不好,顶多瞎操心呗。

要是不幸你真看到了这儿,那就当是一块吃了顿饭吧,没找好地儿,又贵又不好。下回咱吃别的。祝一家子都好!

铁生

2003 年 7 月 15 日

给小水的三封信

孤　独

孤独不好,孤独意味着自我封闭和满足。孤独感却非坏事,它意味着希望敞开与沟通,是向往他者的动能。以我的经验看,想象力更强、艺术感觉更敏锐的人,青春期的孤独感尤其会强烈;原因是他对未来有着更丰富的描绘与期待。

记得我在中学期间,孤独感也很强烈,但自己不知其名,社会与家人也多漠视,便只有忍耐。其实连忍耐也不意识,但确乎是有些惶然的心情无以诉说。但随着年龄增长,不知自何日始,却已不再恐慌。很可能是因为，渐渐了解了社会的本来面目，并有了应对经验——但这是次要的，根本是在于逐渐建立起了信念——无论是对自己所做之事，还是对生活本身。

那时我还不像你，对学习有着足够的兴趣，只是被动地完成着功课。所以，课余常就不知该干什么。有时去去阅览室，胡乱翻翻而已。美术老师倒挺看重我，去了几回美术组，还得到夸奖，却不知为什么后来也就不去。见别人兴致勃勃地去了田径队、军乐队、话剧队……心中颇有向往，但也不主动参加。申请参加，似乎是件不大好意思的事，但也不愿承认是不好意思，可到底是因为什么也不深问。然而心里的烦恼还在，于是，更多时候便只在清华园里转转。若有几个同学一块儿转还好，只是自己时，便觉心中、周围，乃至阴云下或阳光里都是空空落落，于是很想回家。可真要回到家，又觉无聊，家人也不懂你，反为家人的无辜又添歉意。其实自己也弄不懂自己，虽终日似有所盼，但具体是什么也不清楚。

到了"文革"，先是害怕（因为出身），后是逍遥（实为无所事事），心情依旧。同学都在读闲书，并津津乐道，我便也跟着读一些，但对经典还不理解，对历史或单纯的故事又没兴趣，觉得生活好生地没头没脑。

那时我家住在林学院，见院里一些跟我差不多大的孩子在打篮球，很想参加进去，但就是不敢跟人家说"也算我一个"，深恐自己技不如人（其实也未必），便只旁观。人家以为我不会，也就没人邀请我。没人邀请，看一会儿我就回家了。时间一长，就更加不敢申请加入。甚至到食堂去买饭我都发憷。我妈让我先去买好，等她下班来一起吃，我却捏着饭票在食堂门前转，等她来了再一块去买。真不知是为什么，现在也不知道，完全是一种莫名的恐惧。

十六到十八岁，此状尤甚。记得我妈带着你妈——那时她才三四岁——到邻居家玩去了，喊我去，我也不去——可能是因为，觉得跟些妇女一块混很不体面。她们都以为我在读书，其实我是独自闲待；在一间十几平方米的屋子里，一会坐，一会卧，一会想入非非，一会茫然张望窗外；仍不知这是怎么回事。烦恼，不过是后来的总结，当时也就那么稀里糊涂地过。

我，或者"我"

现在回想，我的第一本能是好胡思乱想，常独自想些浪漫且缥缈的事，想罢，现实还是现实，按部就班地过着。对这状态最恰当的形容是：心性尚属蒙昧未开——既觉无聊，又不知那就叫无聊；既觉烦恼，又不知烦恼何由；既觉想象之事物的美好，又不知如何实现，甚至不知那是可能实现的。至于未来，则想也没想过。现在才懂，那就叫"成长的烦恼"。身体在长大，情感在长大，想象与思考的能力都在长大，但还没能大到——比如说像弈棋高手那样——一眼看出许多步去，所以就会觉得眼前迷茫，心中躁动。就好比一个问题出现了，却还不能解答；就好像种子发芽了，但还不知能长成什么树；或就像刚刚走出家门，不知外界的条条道路都是通向哪儿，以及跟陌生的人群怎样相处；烦恼就是必然。如果只是棵树，也就容易，随遇而安呗。如果压根是块石头，大约也就无从烦恼，宇宙原本就是无边的寂寞。但是人，尤其还是个注重精神、富于想象的人，这世间便有了烦恼。人即烦恼——人出现了，才谈得上烦恼。佛家说"烦恼即菩提"，意思是：倘无烦恼，一切美好事物也就无从诞生。

想象力越是丰富、理想越是远大的人，烦恼必定越要深重。这便证明了理想与现实的冲突。现实注定是残缺的，理想注定是趋向完美。现实是常数，理想是变数。因而，没有冲突只能意味着没有理想，冲突越小意味着理想越低、越弱，冲突越强，说明理想越趋丰富、完美。善思考，多想象，是你的强项；问题是要摆清楚务虚与务实的位置，尤其要分清楚什么是你想做也能做的，什么是你想做却没有条件做的，什么是你不想做但必须得做的。只要处理得当，这——现实与理想的——冲突超强，创造力就超强。

所以，我看你从事艺术或思想方面的工作也许更合适。但不急，自始至终都是一条笔直而无废步的路是没有的。路是蹚出来的，得敢于去蹚。但话说回来，对每一步都认真、努力的人来说，是没有废步的，一时看不出作用，积累起来则指不定什么时候就有用，甚至有大用。况且，一切学习与思考的目的，并不都是为了可用，更是为了心灵的自我完善。

我能给你的建议只是：直面烦恼，认清孤独，而不是躲避它、拖延它。内心丰富的人，一生都要与之打交道；而对之过多的恐惧，只是青春期的特有现象。就像你，考试之前紧张，一进考场反倒镇静下来了。就像亚当、夏娃，刚出伊甸园，恐惧尤甚，一旦上路则别有洞天。要紧的是果敢地迈出第一步，对与错先都不管，自古就没有把一切都设计好再开步的事。记得有位大学问家说过这样的意思：别想把一切都弄清楚，再去走路；比如路上有很多障碍，将其清理到你能走过去就好，无须全部清除干净。鲁莽者要学会思考，善思者要克服的是犹豫。目的可求完美，举步之际则无须周全。就像潘多拉盒子，每一答案都包含更多疑问；走路也如是，一步之后方见更多条路。更多条路，又只能选其一条，又是不可能先把每条都探清后再决定走哪一条。永远都是这样，所以过程重于目的。当然，目的不可没有，但真正的目的在于人自身的完善。而完善，唯可于过程中求得。譬如《命若琴弦》。

舅舅
2007年10月18日

恐 惧

孤独源于恐惧,还是恐惧源于孤独?从现实中看好像是互为因果,但从根上说,应该是恐惧源于孤独。就是说,人最初的处境是孤独,因为人都是以个体身份来到群体之中。你只能知道自己的愿望,却不知别人都在想什么,所以恐惧。恐惧,即因对他者的不知,比如一条从未走过的路,一座从未上过的山,一个或一群不相识的人。这恐惧的必然在于,无论是谁,都必然是以自己而面对他人,以知而面对不知,以有限而面对无限。可以断定,无此恐惧的倒是傻瓜。反过来说,这样的恐惧越深,说明想象越是丰富,关切越趋全面。比如说,把路想象得越是坎坷就越是害怕,把山想象得越是险峻就越会胆怯,把别人想象得越是优秀就越是不敢去接近。惯于这样想象的人,是天生谦卑的人。

谦卑,其实是一种美德。有位大哲说过:信仰的天赋是谦卑。谦卑而又善思的人,一定会想到"压根"和

我,或者"我"

"终于"这两个词——我们**压根**是从哪儿来,我们**终于**能到哪儿去?换句话说:人生原本是为了什么?人又最终能够得到什么?——只有谦卑的人才可能这样问,自以为是的人只重眼前,通常是想不起这类问题的。甚至可以说,谦卑是一切美德的根本。唯有谦卑,可让人清醒地看待这个世界;唯有谦卑可通向信仰;唯有谦卑能够让人懂得,为什么尼采说爱命运者才是伟大的人。(关于"爱命运"的问题,以后再慢慢说。)

电视剧《士兵突击》你看了吗?士兵许三多总是说"人要做有意义的事"。人们问他什么是有意义?他说"有意义就是要好好活"。人们又问他,怎样才算是好好活呢?他说"好好活就是要做有意义的事"。看似可笑,循环论证,但他绝对是说出了一个根本真理——人最初的愿望一定是"要好好活",而最终所能实现的,一定是由自己所确认的"有意义"。为什么?因为,以人之有限的智能,是不可能把世间一切都安排得尽善尽美的,而只可能向着尽善尽美的方向走。所以,只要是在走向你认为的"有意义",就是"好好活"了,就是活好了；反过来说，为了活好，就要做自己确认是"有意义"的事。此外，还能怎样好好活呢？

不妨把许三多的话翻译得再仔细一点儿：事实上，没有谁不想好好活，然而，却非人人都能为自己树立一种意义，确信它，并不屈不挠地走向它。原因是，人常把**外在**的成功——比如名利——视为"有意义"。可是，首先，面对**无限的外在**，走到哪一步才算是成功了呢？其次，外在的成功，也可以靠不良手段去获取，但这还能算是"好好活"吗？

其实，从根本上说，什么是好，什么是善、是美，乃是一个自明的真理，不用教，谁心里都清楚。否则也就不能教，不能讨论，因为，倘无一个共同的坐标系——即善与恶、好与坏、美与丑的基本标准，人与人之间是根本没法儿说话的。有人以此来证明神的存在。

所以，只有内在的成功，才真正是"有意义"。何为内在的成功？我想，只要人确信自己是在努力地"好好活"，不断地完善自己，就是内在的成功。至于外在的成就有多大都无所谓，至于跟别人比是高还是低都可以忽略。你发现没有，一跟别人比，你就跑到外在去了？一怕外在，恐惧就来了，意义就值得怀疑了，脚下就乱了，不知道怎样才算是"好好活"了。

《士》中那个班长，让许三多做一个单杠动作，许三多总是数着数儿做，三十个已觉不易，便掉下杠来。班长说你数个屁数儿呀，只想着做动作！结果他做了三百三十三个。

佛家和道家都讲，要心无旁骛——即不受他人、他物，总之是一切外在因素的影响。啥意思？说的也就是：要抱紧自己心中的"好好活"，那本身就是"有意义"；要一心走向自己确认的"有意义"，这本身就是"好好活"。所以，许三多的话绝非循环论证，而是一个完美的自恰系统——你只有靠内在成功来确保意义，你只有在自己确认的意义中才能获取成功。

但是，谦卑的敌人是胆怯。不过呢，谦卑与胆怯常又是双胞胎。如何能够既保持住谦卑，又克服掉胆怯呢？真是挺难。但只有细想，你就会发现，**谦卑又是内在的**，从不跟别人比，而胆怯必定是因为又跑到外在去了——惧怕他者。爬山怕山高，走路恨路长，而面对他人则害怕被看不起——岂不是又跑到外在去了？所以，千万要保持住自我——这并非是说称王称霸或轻视他人，而是说，一切事，都以完善自我为目的。帮助他人也是为了完善自己，向别人讨教也是为了完善自己，爬山、行路、做题、交友，一切事都是为了完善自己，即便是遭人嘲笑，也一样能够从中完善自己。一旦太要面子，就又跑到外在去了——是以别人的目光在看自己。很多应该做的事，不想做，不敢做，这时只要想想我是为了完善自己，事情就好办多了。完善自己，当然不是为了满足虚荣，而是就像老财迷敛钱那样，一点一滴地壮大自己心灵、品德——如此，何怕之有？

其实，你的一切问题，都在于胆怯。其实我也是，一上讲台，看台下黑压压的全是人，脑袋里立刻一片空白。细究其因，还是因为跑到外在去了，生怕讲不好，落个名不符实的名声。有几次坐在台上，我忽然想到了这一点，心说去他妈的，只要讲的是我真心所想就行，于是立刻回归内在，便也滔滔不绝起来。交友也是一样，一怕，准就是想到了别人的目光和评价。我知道这事改起来难。本性总是比理性强大。但这不说明不应该去试试。为什么要试呢？为了自我完善：看看我能不能放下虚荣，不怕嘲笑（也未必就会遭到嘲笑），看看我的胆量，看看在我通常的弱项上能否有所改善。是呀，完全不怕几乎是不可能的；但是，怕着，也要去试试，视之为历练自己的一个步骤、完善自己的一步行动——我的经验，只要一这样想，就不那么害怕了，就什么都是可能的了。事后，果然有人嘲笑你的话，是自己错了自己长见识（又完善一步），是别人错了却还嘲笑你——你慢慢体会吧，这其实并不太难过。

舅舅

2007年11月8日

最有用的事

以我的经验看，不管对什么人来说，也无论在什么局面下，有三件事是最重要的。第一是分析处境，做到"知己知彼"。所谓知己，即清楚自己想干什么，能干什么；知彼呢，就是要弄清楚外部条件允许你干什么，和要求你必须干什么。前者是估计了你的能力，而后设定的理想或愿望。后者则包括：你想干，或者也能干，但阻碍巨大到希望非常渺茫的事；以及你不想干，但必须干的事。也可以说，前者是目标，后者是为达到目标而铺路。

想干什么，直接就能干什么，世界上几乎没有这样的事；除非是在极偶然的情况下，运气又是出奇地好。好运气来了，当然要抓住它，但任何时候都不要指望它。任何时候都要立足于自己的清醒、决断和行动。

这就说到了第二件最重要的事：决断。即在"知己知彼"之后，要为自己做出决定。决定的要点在于，一旦确认方向，就不要再犹豫。正所谓"用人不疑，疑人不用"，决定也是这样，作决定时要谨慎、周全，一旦决定就不再怀疑，做到心无旁骛，切勿浅尝辄止。人们常说：成功就在"再坚持一下"之中。

第三件事叫作：开始。前两件事完成之后，就要立刻开始，万万不可拖延。拖延的最大坏处还不是耽误，而是会使自己变得犹豫，甚至丧失信心。不管什么事，决定了，就立刻去做，这本身就能使人生气勃勃，保持一种主动和快乐的心情。

总而言之是三件事，或三个步骤：知己知彼→做出决定→立即行动。这三件事或三个步骤，不单对一时一事是最有用的，在人的一生中都是最有用的。

舅舅

2007年11月22日

给王安忆的信

安忆：你好！

电话实在不是一种好的交流工具，还是写信吧。

从你的意见中我感到，你期待于《丁一》的是美好理想，或爱情升华，所以你认为写到"戏剧乌托邦"就够了。但我的着眼点更在于理想的继续，或理想的疑难。

再美好的理想，若一旦付诸实现便要倒塌，人们就会放弃对它的信任。比如爱情，时髦的意见是说压根就没有那回事，有的只是婚姻或性。怎么会这样？就因为，爱情，作为理想自有千般妙境，而一入实际则难免疑难种种。疑难的根本在于：①没有哪种理想是不希望实现的。②但理想是很难自然而然、原原本本地实现的，尤其是关涉到他人。③因此，常要借助权力来推行或维系。④结果无非两种：一是理想实现，推行和维系者功成身退；一种是权力壮大，而理想衰亡。

因此可以说：理想的难点并不在于它的诞生，而在于它的继续。事实上，已没有什么不同于先人的理想可供诞生了，所有美好的愿望都在历史中屡屡有过，但屡屡的结果常不如愿；尤其，美好的理想竟可以导致惨痛的现实。

所谓美好理想，可由一个"爱"字概括，即无论什么信仰终归都要落在对他者（别人）的态度上。作为他者之一的自然力量，说到底是人力所不能改变的，人能够期求改善的从来都只是人与人的关系，或人对其类的态度。爱所以是一种理想，而不止于性。

作为理想，爱注定要指向普遍。然而，爱若真能普遍，爱即消失。或许应该感恩：也正因为爱难于普遍，这理想才不会耗散。做点浪漫的猜想吧：也许，性爱，正是上帝的一片苦心——把爱的种子，保存于两性之间。上帝把人分开两半，让人在最小的单位（个体）上亦不得独自完整，这很像是为人类预制了一个绝难违背的命令——亲和，或爱的趋向。事实正也是这样：人不可能不向往他者。

所以我说，性爱是一切人类理想的源头，或征兆——亚当与夏娃的头一宗愿望就是相互寻找。但这源头或许还算不得理想，唯当人的眺望更加辽阔、期待这一美好情感能够扩展到更大单位（比如说种群、国家、人类）之时，理想才算诞生。然而，大凡理想没有不希望它实现的，而且这不是错误，虽然它非常可能引出歧途，甚至于导致悲惨的现实。

话于是就说回来了：①这理想好不好？（丁问）②好，但不等于行。（娥说）③为什么不行？（对此依有所答）④就算三个人行，再扩大些怎么样？（秦汉语）⑤接下来的问题必然是：那么理想还要不要有（假设是好的）？要的话，应该放在怎样的位置上？（《丁》文的回答是：戏剧!）⑥戏剧的本质，所以是梦想可以实现的地方，而不单是模仿已在之物的场所。戏剧是心与心的约定，梦与梦的沟通，是于现实之外的另一次生命实现。⑦因而戏剧还包含了一个隐喻：理想虽不都可以实现，但理想仍要保存，仍要倡导。唯有戏剧（泛指艺术）才是超越时空的可能,而非来世。来世不过是前世的今生,生命的处境不会在那儿有质的改变(对此,丁一与那"老魂"有过探讨),唯不屈于现实的梦愿才可超越现实之维的束缚(所以离开丁一,我仍要追寻,尽管这追寻未必不会再次败于某丁)。因而可以说,爱的意义或理想的本质,更在追寻。(所以,"因为我的寻找,夏娃她必定在着"。)⑧但人毕竟难逃现实。就算丁、娥、萨成功了又怎样呢?一个巨大的白昼(所谓"正常生活")仍在四周——这不是上帝的错误,但理想的位置并未解决。所以,我以为我并不是在写一个"三人恋"或"一夫多妻"。⑨"世界大舞台"与"舞台小世界"的区别(秦汉语)常被忽略。实现理想的诱惑,是人难以抵挡的(蛇看得清楚:人想当神,其实又当不成神)。而一旦要把那个"戏剧乌托邦"做成现实,毫不妥协地推行或维系,强权也就很现实了。强权未必都有一个丑恶的出发点。

以上是与你第二次通话之前写的,大概陈述了我写《丁一》的初衷与思路。我知道,我们要想互相说服是一件很困难的事。但我既然写了（因为"透析"和来人，用了好几天），就还是给你看看吧。我不是会说感谢之词的人，但我还是得说，你、肖元敏和陈村对我一向的爱护我是太知道了——我希望你怀疑什么也别怀疑这一点。我是个固执的人，这毫无疑问。其实我看重的事就那么几件；现在，其中的两件有了矛盾。想想挺有意思：我们的"乌托邦"中发生了意见不一，幸好我们不会像丁一那样（我毕竟不止于他的皮囊），我们明确理想的位置。

你说"理想不对现实负责"，其实这也是我的意思。丁一和"丹青岛"的失败，正是要从反面来表达此意，即不管多么真诚、美好的愿望，一旦要靠权力来维系，便面临着一种危险。无论是在历史中，还是在爱情中，对此危险的警惕远远少于对理想的畅想。

我执意要引入"丹青岛"，主要两个原因。一个：我不想让丁一行凶，尤其是当他与娥有了那么美好的"戏剧"，以及对爱情有了那么深的理解之后。另一个：美好的理想却又是可能导致惨烈悲剧的；或者说，恨怨是可能在一瞬间酿造那样的悲剧的；或用佛门的说法是：恨怨，即已动了杀机。所以我想让这两种可能（结局）并列。说真的，我一直相信顾城绝不是谋杀，而是一时性起没管住他的那只野兽，虽然与他的心性不无关系。

我以为，"丹青岛"不等于顾城的那个岛，后者只是从前者中抽出来的一个理想因素，加一个惨烈结果，再无其他。当然，读者肯定会想到顾城的事，想到就想到吧，多想想也好。

我并不认识顾城，但我不认为他那是纯粹的"一夫多妻"。"一夫多妻"，或是由社会法权所认可，或是由个人强权所建立，丁与顾曾经都不是这样。只说丁一吧，其"乌托邦"的建立，并没有权力的参与，而恰是出于自由，和为了自由。只是当统一发生破裂，如果他要用权力来维系，那便与"一夫多妻"没啥两样了。由一个自由的理想出发，竟又走回到权力或权力的边缘，这正是我想写的。

理想的危险在于，现实中的绝大多数人——尤其是男人社会所造就的，男人或男人意识——都有着权力倾向，或几千年权力文化留下的权力沉积。甚至，这竟是从动物阶段就存留下来的东西：基因。所以，基因是属于肉身（皮囊，丁一）的，而期求超越它的是灵魂（我，即人类自古的心魂取向；而非史铁生）。

那部电影的事就不说了。我又看了一遍，没有它，下边不好写。

就写到这儿吧。无论好坏，我也没力气再改了。就像跑马拉松，如果不知不觉多跑了两千米大概也能跑下来，但要是撞了线裁判又说还有两千米，我估计还能再跑的人就不多。

让大伙跟着忙活了老半天，只好请各位多多原谅了。只好向各位多多致歉了。

祝一切好！问候李章！

史铁生

2005年8月30日

整理者注：信中所提《丁一》为史铁生长篇小说《我的丁一之旅》。